断罪ループ五回目の[illegible]はやさぐれる

～もう勝手にしてとは言っ[illegible]
溺愛して良いとまでは言っ[illegible]

Oto Nagatsuki
長月おと

Illustration:Coyucom
コユコム

CONTENTS

断罪ループ五回目の悪役令嬢はやさぐれる

～もう勝手にしてとは言ったけど、溺愛して良いとまでは言っていない～

第一章『五回目の断罪』

アメルハウザー王国の王都には、貴族の令息と令嬢が通う王立の学園がある。学び舎(や)である校舎は宮殿に劣らない大きさと歴史を誇り、国の将来を担う人材の育成の場として生徒たちには高い教養が求められていた。

そんな学園の大ホールには煌(きら)びやかな飾りつけがされ、豪華な食事が並び、女生徒の彩り鮮やかなドレスの花が咲き誇っている。

今日は学園の卒業パーティーの日。

卒業を迎える三年生に加え、成績優秀者になった一部の下級生と教員といった、選ばれた者のみが集まっていた。

学生時代の思い出話を弾ませ、本格的な大人の仲間入りを目前にした若者たちの明るい門出の日……本来であれば、そうなるはずだった。

「アメルハウザー王国の第一王子であるアロイスが、エーデルシュタイン公爵家が娘シャルロッテに告げる。本日をもってお前との婚約は破棄させてもらう！　身分を笠に下位の令嬢を虐げ、危険にさらした罪は重い。そのような女を妃(きさき)にはできない！」

金糸のように輝く髪と、王族特有の赤いルビーのような瞳を持つアメルハウザー王国の王太子アロイスが、声高に宣言した。

そんな彼の傍らには、可憐な女性が立っていた。ストロベリーブロンドの髪に翡翠の大きな瞳を持つ美女が、何かに怯えるようにアロイスの腕に寄り添っている。

事情を知らない人には、美男美女の恋人同士に見えるだろう。アロイスが、か弱い立場の令嬢を守る立派な王子様――というように。

そして婚約破棄を言い渡された公爵家の令嬢――シャルロッテ・エーデルシュタインは、ふたりを邪魔する悪女と思うに違いない。

艶のある漆黒の長い髪に、金を溶かし込んだようなヘーゼルの瞳を持つ美しい顔に不満を隠さず、今もまさに高慢と受け取られかねない態度で、シャルロッテは大きなため息をついたのだから。

くだらない――と、紅が引かれた口から今にも聞こえてくるようだ。

「貴様っ、ここにいるベルツ男爵家の令嬢クリスタに、所有物の破壊や盗難といった嫌がらせ行為を……いや、犯罪を繰り返した立場で反省のないその態度はなんだ！　彼女は先日、階段から突き落とされそうになるなど、怪我を負いかねない事件もあったのだぞ！」

アロイスは寄り添っていた恋人である美女――クリスタの肩を抱き寄せ、シャルロッテの悪行をあげていく。

クリスタが脅迫文を受け取ったこと。インクをかけられて教科書が駄目になったこと。ロッカーの中が荒らされ、私物がいくつか消えたこと。

それらを言い淀むことなく糾弾したアロイスの堂々とした態度に、周囲も彼の言葉を信じはじめたようだ。

シャルロッテは、自身に向けられる視線が厳しくなったのを肌で感じた。

学園でのアロイスは、成績は常に上位を維持し、社交的で明るい性格から親しみを持たれていた。シャルロッテという婚約者がいながら、男爵令嬢クリスタと特別に懇意にしていたという点以外は、皆が憧れる完璧な王子様。

そのためアロイスの言葉は、周囲に影響を与えるには十分な力を有していた。そしてクリスタは被害者らしく怯える姿を見せ、一方でシャルロッテは反論も弁明もしない。

この場にいる生徒や教員たちの心証は、完全にアロイスの有利に傾いたと言える。

しかし立場が悪くなろうと、シャルロッテ本人の表情は変わらない。酷く疲れた様子で、いかにも面倒だと言わんばかりの怠そうな顔だ。

それも当然だろう。彼女がアロイスから婚約破棄されるのは初めてではないのだから。

（そう……私は再び死ぬのね）

シャルロッテは、同じ人生を繰り返していた。

今回で五度目の人生を迎えた彼女は、過去四回の人生でも全く同じように身に覚えのない罪を被せられ、一方的に婚約を破棄されている。

人生一回目、毅然とした態度で反論した。無罪を主張し、証拠を出すよう求めた。けれども、あるはずのない証拠を次々と出され、覆すことができずに有罪が確定してしまった。捏造が見抜けないほどの証拠を用意していたことから、アロイスが入念に計画を立てていたことが窺えた。

人生二回目、高位の令嬢にはあるまじき感情を全面に出し、涙ながらに無実を訴えた。私ではないと、誰かに嵌められたのだと。アリバイを証言してくれる人を求めた。残念ながら、誰も耳を傾けてくれなかった。やはり皆、アロイスが出した証拠を信じた。

人生三回目、ひとりでは勝てない。まずは孤立無援の状況から脱しようと考えたシャルロッテは、自分の無実を立証するための時間を稼ごうと、一旦公爵家へと帰る希望を申し出た。後日改めて話し合いの場を設けましょう……と。だが、それも無駄だった。「このまま逃亡するに違いない」と決めつけられ、断罪は強行された。

人生四回目、会場からの逃亡を図った。真面目に対応するだけ無駄なのだ。「酷いですわ」と悲観する素振りを見せながらホールから離れ、学園からも出て助けを求めるために公爵家へと……もちろん、運任せの逃亡が成功するはずはなく、単なる悪あがきで終わった。

何もかもうまくいかず、シャルロッテは冤罪を被せられ、パーティー会場からそのまま王宮の地下牢に投獄された。

家族との面会も許されず、取り調べが行われることもなかった。当然、手紙のやり取りも禁止。また、出される食事は腐ってはいなかったものの、歯が折れそうなほど硬いパンばかり。それでいて水は最低限。たまに出されたスープには野菜も肉も入っていない。

掃除は一度もされず、床は雨漏りの水が溜(た)まったまま。

水がほとんど与えられなかったのは、床の水でも舐(な)めろと言いたかったのだろう。だがその水も、カビや苔(こけ)の類(たぐ)いが混じっていて飲める状態ではなかった。

自由に動けるだけ、貧困街に放り出された方がずっとマシな環境だと断言できる。

投獄されたシャルロッテはじわじわとやせ細り、一か月後――食事に盛られた毒で苦しみながら獄中で死んだ。こんな人生、もう繰り返したくない。そう願いながら息絶えるのだ。

しかしいくら願っても、婚約破棄を告げるアロイスの宣言でこれまでの繰り返しの人生を思い出す。

せめてパーティーの前日、いやアロイスの宣言前に記憶が蘇(よみがえ)ればいくらか対策を練れるだろうに、毎回手遅れのタイミングだから嫌になる。

（一切の抵抗ができないような繰り返し方をするなんて……私はまるで物語に用意された悪役ね。アロイス殿下とクリスタ様の真実の愛を成立させるための、単なる舞台装置……つまり今回もきっと私は冤罪で投獄され、死ぬ）

抵抗は無駄に疲れるだけだと悟ったシャルロッテは、鼻で笑った。

「どうぞご勝手になされば？」

「――っ、罪を認めるのだな？」

アロイスは見たことがない反抗的なシャルロッテに一瞬驚くものの、すぐに勝ち誇った表情を浮かべた。

その表情にシャルロッテは苛立（いらだ）ちを覚えたが、言い争って長引く方が面倒だ。

「私が何を言おうと、アロイス殿下は罪を被せるのでしょう？　もういい加減疲れましたの」

そう言ってシャルロッテはドレスのまま仰向（あおむ）けになるように、床に寝そべった。艶やかな彼女の黒髪と、シルクで出来た品のあるドレスのスカートが、大理石の上に広がる。

アロイスとクリスタをはじめ、会場にいる全員が目を見開き、言葉を失った。

これまでのシャルロッテは、誰もが理想とする淑女の鑑（かがみ）だった。美しい容姿を最大限に生かした表情や優雅な仕草は目を引いた。言葉には教養と厳しさがあり、堂々とした話し方は高位貴族の風格を感じさせた。

それでいて王族の顔を立てるようにアロイスの前には出ず、一歩後ろを保つ控えめな顔も持つ。『高嶺（たかね）の花』という言葉は、シャルロッテのために存在しているのではと言われるほど、彼女は美しく、近寄りがたい完璧さを持っていた。

そんな令嬢が、やさぐれた子どものように手足を放り出してしまっている。皆が目を疑うのは当然。

しかし、シャルロッテは周囲の反応など気に留めない。

（やってられないわ。もう頑張りたくない）

公爵令嬢として姿勢を美しく保つのも、理路整然と意見を言うのも、気高く表情に微笑を貼り付けるのも、ドレスを優雅に着こなすのも全部無駄。どうせ死ぬのだ。いくら誇りを守ろうとしても意味がないことを知っているシャルロッテは、すべてが面倒になり投げ出した。

次第に周囲から非難、冷やかし、疑念、憐み、興味……様々な視線が集まってくるが、すべて受け流す。真上で輝く豪奢なシャンデリアをぼんやりと眺めながら、もう一度深いため息をついた。

「シャルロッテ、貴様何を考えている!? 無礼だぞ!」

声を荒げてアロイスが問い詰めるが、シャルロッテは首をもたげようともしない。

「だって無駄なんですもの。意味もないことに労力はかけたくありませんわ」

「意味もないこと? では弁明もせず、罪を認めるのだな!?」

なぜ、アロイスは何度も言質を取ろうとするのか。何を言っても有罪にするくせに、随分と回りくどい。

「先ほども言ったではありませんか、どうぞご勝手にと。苦しいのはもう嫌ですわ……今回は、さっさと殺してくださいませんか?」

世界から音が消えたかのように、会場が静まり返る。

生を諦めてやさぐれたシャルロッテは、人生を繰り返していることについて、隠すのも説明するのも面倒になっていた。

彼女の事情を知らない温室育ちの生徒——貴族の令息令嬢は、王族の次に高貴な身分の令嬢が

死を求めている事実に衝撃を受けた。

しかも『今回は』という発言をしたことから、シャルロッテが死を望みたくなるほど苦しい経験を過去にもしていることが察せられる。

会場の空気が、ガラリと変わった。

「いつも気高いシャルロッテ嬢が投げやりになるなんて、何があったんだ？」

「何度も無駄なこと、と……抵抗することなく諦めているご様子。私たちの目がないところで、長期に渡って軽んじられていたのかもしれませんわ」

「しかも自ら死を乞うなんて、明らかに異常でしてよ。相当辛い経験がおありに違いないわ」

「エーデルシュタインは公爵家だ。こんなことできる権力者は――」

生徒たちの視線が、シャルロッテからアロイスへと移された。

疑惑の眼差しを向けられたアロイスはわずかに顔を強張らせ、静かに唾を呑んだ。

彼の隣にいるクリスタは顔色を悪くして、よろめくようにアロイスの胸元に縋った。

それがさらに周囲の憶測を促す。

アロイスは完璧な婚約者がいながらも、クリスタに現を抜かした。今もこうやって密着しているように、アロイスとクリスタが人目を憚ることなく逢瀬を重ねていたことは周知の事実。彼らの姿を目撃した婚約者のシャルロッテが嫉妬し、犯行に及んだのだと勝手に推察していた節があった。

しかしシャルロッテは、在学中も今もアロイスへの執着を一切見せていない。プライドゆえ、強がっているという様子もない。

態度を見る限り、嫉妬を抱いている可能性はなさそうだ。

なおかつ、アロイスの婚約破棄の仕方もあまりにも一方的で、シャルロッテに恥をかかせるようなやり方。この国の名門貴族、エーデルシュタイン公爵家への敬意を感じられない。王族だとしても、あまりにも横暴な手段が取られている。

この婚約破棄は不自然すぎると、疑念を抱くのは当然だ。

「皆の者、決して騙(だま)されるな！　シャルロッテは同情を引き、罪を軽くしようと画策しているのだ！　本来の彼女は計算高い人間だと知っているではないか！」

アロイスは流れを変えようと、会場の人々に訴える。

それに対し、とある侯爵家の令息が声をあげた。

「ではアロイス殿下、シャルロッテ嬢をこのように貶(おとし)めるということは、確固たる証拠が揃(そろ)っているのですよね!?　我々が納得できるように明示していただきたい！」

その言葉を待っていた――と言いたげに、アロイスの口角が片方だけ上がる。彼は証拠を会場に持ち込むよう指示しようとしたが、シャルロッテが止める。

「証拠なんて不要でしてよ。私が罪を被るよう、すべて整えられているはずですから、意味がありませんわ。お気遣いだけ受け取っておきます」

「そんな、シャルロッテ嬢！」

「はぁ、歴史ある豪華絢爛な会場の床も、寝心地は牢の床とあまり変わらないのね。これなら簡素な服でいられる牢獄の方がましかしら……背中が痛いわ」

侯爵家の令息の悲痛な呼びかけにも、シャルロッテは特段の反応を示さない。気怠そうに身を起こし、立ち上がった。そして崩れた髪や乱れたスカートを直すこともせず、アロイスの護衛騎士に向けて両手首を揃えて差し出した。

「ほら、連れて行きなさい。地下の六番牢に入れるよう言われているのでしょう？」

「なぜそれを……っ」

見抜かれていることに驚き、護衛騎士が絶句する。

「理由なんて良いではありませんか。結果は同じでしょう？　でも、そうね……六番牢は嫌いな場所なの。あの牢はネズミも多いし、地下なのに雨漏りが酷いから床もベッドも濡れているわ。あんなところで死ぬよりも、ここで早く終わらせてくれると助かるのだけれど。ねぇ、ここで首を落としてくださらない？」

シャルロッテは頭を軽く傾けて、ほっそりとした白い首筋を見せた。指先で撫で「ここを切れば簡単よ」と催促する。

同情を集めるための演技にしては、あまりにも投げやりだ。

周囲の貴族の疑念はますます膨らんでいく。

「シャルロッテ様が嘘(うそ)をついているようには思えませんわ。ネズミなんて、わたくし見たこともありませんもの」

「そもそも牢がどんなところか、僕も実物を見た経験がない」

「つまり、令嬢が牢の状況を詳細に知っているなんて普通じゃない。しかも六番牢の状況が事実なら、極刑を待つ罪人のための場所だ。まさか、過去に入れられたというのか？　貴族であれば、質素な客室が拘置場所にされるというのに……」

「王宮の牢を使う……そんな権限をお持ちの方は、王家でも限られておりましてよ」

シャルロッテが罪を犯したと思う者は、もう会場にはいない。

代わりにアロイスへの疑惑が膨らみ、ある確信が生まれていく。

長年、陰でシャルロッテはアロイスから虐げられていた。今回の断罪も、横柄な王太子が意中の令嬢を手に入れるために作られた捏造。そう考えればすべての辻褄(つじつま)があう――というように。

生徒らの冷たい視線が、アロイスとクリスタへと集中する。

アロイスが奥歯を噛みしめ言葉を探す一方で、クリスタはたまらず声をあげた。

「わ、私が嫌がらせをされていたことは事実です！　鞄(かばん)の中にインクを垂れ流され、大切にしていた教科書も、頑張って書き溜めていたノートも使いものにならなくなったわ。ロッカーに脅迫文が投げ入れられたり、動物の死体を入れられたりしていたのです。一度のみならず、何度も……何度も繰り返されて……っ」

翡翠の大きな瞳にたっぷりと涙を浮かべ、唇を震わせ訴える姿は痛々しい。事実、証言のような嫌がらせを受けて傷つかない人間はいないだろう。

クリスタは、涙ながらに訴えを続けた。

「ついには先日の放課後、階段を下りようとしたら背中を押されたのです……手すりを摑むのが間に合ったから良かったのですが、落ちていたらと思うと怖くて……怖くて……慌てて振り向けば、長い黒髪の女生徒の後ろ姿が見えましたの。学園に通う黒髪の令嬢は、シャルロッテ様だけですわ！」

クリスタはアロイスから体を離し、数歩前に出る。胸元で両手を重ね、心の痛みを耐えるようにしながらシャルロッテの前に立った。

「酷いことをされて辛かった。けれども、シャルロッテ様が死ぬなんて望んでいませんわ。今ここで謝ってくださるのであれば、私は許します」

気丈に振る舞うクリスタの微笑みと許しの言葉は、まるで聖女の救済のようだ。

前回までの人生であれば、シャルロッテもその慈悲に喜び、嘘でも謝罪の言葉を述べていたかもしれない。死ぬのだけは嫌だと……あの苦しみから逃れられるのであれば、感謝の言葉も加えて許しを乞うただろう。

しかし、もう何もかも遅い。死を繰り返す人生だとわかった今、辛い状況をいかに短くしていくかが重要。シャルロッテは濁った眼差しを返した。

「許しは不要です。その程度の温い嫌がらせに謝罪したところで、何も変わりませんもの」

「温いなんて……っ」

「えぇ、温いわ。男爵家を潰すなんて、公爵家には造作もありませんわ。それでいて、クリスタ様は繰り返される嫌がらせに、何も策を講じられないほどの隙があるご様子。本気になれば、証拠を残さず暗殺することだってできそうですわね」

暗殺という言葉を受けてふらつくクリスタの背を、アロイスが支える。

「シャルロッテ！　貴様はやはり非道な女だ！　許してはおけん」

「非道？　簡単にできる暗殺は、現実に起きておりませんのに？」

暗に、クリスタが受けていたこれまでの嫌がらせは『シャルロッテではない』と示していた。

クリスタの可憐な訴えで大問題に思われていた事件は、実際に公爵家が講じる手段としては温いと、周囲も納得し始める。

そもそもアロイスの妻の座は、何もせずじっと耐えていれば手に入ると確約された地位。

賢いシャルロッテが中途半端に自らの手を汚し、糾弾される種を撒き、その地位を揺るがすようなことをする理由がないのだ。クリスタを害する方が、大きな不利益に繋がる。

周囲は完全に、シャルロッテの冤罪を確信した。

再び、侯爵家の令息がアロイスを追求する。

「殿下！　嫌がらせの調査をやり直すべきです！　このままでは無実のシャルロッテ嬢が罪を被

り、不当な糾弾をした殿下の名誉にも傷がつきます！」

　クリスタも、アロイスへ涙ながらに訴える。

「犯人はシャルロッテ様ではなかったのですか？　だってインクの種類やアリバイを調べたらシャルロッテ様しか犯人はいないって、動機もはっきりしていると、アロイス様は教えてくれたではありませんか！　証拠は全てお渡ししていますよね？　真犯人を見つけてくださいませ！」

　周囲のみならず、恋人のクリスタからも詰め寄られたアロイスは顔色を悪くした。

　全員が「殿下！」「真実を！」と答えを求めて声をあげる。

　そんな中、シャルロッテは青い血管がうっすらと浮く細くて白い両手首を揃えて、再び騎士に向けて連行を促した。

「犯人なんて、誰だって良いではありませんか。予定通り私を牢獄に入れるなり、殺せば、アロイス殿下とクリスタ様は障害を乗り越えたとして結ばれる。他の皆様が火の粉を被るわけでもない。大団円でしてよ。だから、ほら、さっさと終わらせましょう？　ここで殺せないのなら、場所を移せば良いではありませんか」

　すると次は「諦めないで」と鼓舞するように、多くの者がシャルロッテの名前を呼ぶ。

　だが、シャルロッテには響かない。

（これまでにない流れだけど、希望を持つだけ無駄。救いを信じることに、もう疲れたのよ……

前回のように走って逃亡したら、仕方なく捕まえてくれるかしら）

シャルロッテはドレスの下で、静かにヒールを脱いだ。ひたりと、素足を冷たい床につける。

あとは、どの窓から飛び降りるか――そう思いながら走るルートを見つけようと視線を外へと向けた。そのとき、シャルロッテとアロイスの間で光が弾けた。

眩しさで目を瞑ってしまうが、すぐに瞼を細く開けて目を凝らす。

光が弾けた場所には、真っ黒なローブを着た美しい若い男が立っていた。

瞳は全てを見通すような澄み渡る青色で、切れ長のアーモンドアイをしている。銀糸のように眩い髪は長く、襟首でひとつに束ねられていた。見た目は、二十代半ばの青年。

光の中から現れ、薄い色素と美貌を持つ姿は、まるで神から遣わされた天使のようだ。

しかし彼の胸元で揺れるプラチナの首飾りは、貴族であれば知らない者はいないとされる魔術師を示すものであり、会場全体は緊張で凍り付いた。

「魔王……」

誰かが呟いた魔術師の異名が静かに響いた。

「はは！　俺もすっかり有名だな。でも念のため自己紹介しておこう。俺の名はヴィム・ギースベルト。察しの通り、母国を滅ぼした魔術師だ。よろしく」

ヴィムと名乗った男は胸に手を当て、天使と見紛うほどの美しい笑みを浮かべた。

だが、会場の雰囲気は冷え込んだままだ。

魔術師とは、保有する魔力を使い、あらゆる超常現象を起こす者を指す。世界的にも稀有な存在で、その特別な力を求めて各国は魔術師の獲得に火花を散らしている。

中でも大陸一の実力者であるヴィムは平民出身の、フリーの魔術師。どの国にも忠誠を誓っておらず、貴族のように王の命令で支配下に置くのは難しい。

周辺国は様々な条件を出し、天才魔術師を手に入れようと躍起になっていた。

獲得競争は熾烈（しれつ）を極め、とうとう昨年、ヴィムの母国の国王が強硬手段に出た。国と主従契約を結ばなければ、ヴィムの出身地である街を潰す――と、知人と故郷を人質に取って脅したのだ。

そして国王がヴィムを脅した翌日、王城が建っていた場所は更地になった。人間は全て転移魔法で外に出されて死者はでなかったものの、国を傾けるには十分な事件だった。

貴族や国民から多くの非難を浴びた国王は、当然のように失脚。今は隣国クロムハイツ王国が『命令で縛らない』『害さない』という契約をヴィムと結び、彼の母国全土を接収して治めている。

つまり気分次第で国を左右できる力を、この麗しい銀髪の魔術師は持っているということだ。

「ヴィム殿が、どうしてこちらに？」

会場内で最も高貴な身分である王太子アロイスが、恐る恐る問いかけた。

「先日、ここアメルハウザーの国王から、王立学園の講師をしないかと誘われてね。テキトーに断るのも失礼だし、面白そうなら受けようと思ったんだ。それでどんな学園かを知るには、ここで育った生徒を見るのが一番かと思って、アロイス殿下にも内緒でパーティーを観察させてもらっていたんだけど……来て良かった！」

愉快そうに、ヴィムは肩を揺らして笑った。

冷え切った会場で、彼の存在は異質。先ほどまで「殿下！」「シャルロッテ様！」と叫んでいた生徒たちは、かかしのように黙って立っている。

「さて、今回の件に俺が関わってもいいかな？」

そうしてヴィムが問いかけたのはアロイスではなく、シャルロッテだった。

彼女は予想していなかった事態にわずかにたじろぐが、まだ心は諦めの気持ちで占められていた。

「ご自由にどうぞ」

「例えば、君を魔法審問にかけても？」

「それも、勝手になさってかまいません。ヴィム様のお好きなようにしてください」

「うわぁ、恥じらいも何もないのか。面白いね」

ヴィムは無邪気な笑みを浮かべると、指をパチンと鳴らした。すると彼の隣にアメルハウザー王国の国王が召喚された。

「ヴィム殿⁉」

「やぁ陛下、立会人を頼んでもよろしいですか？　一緒に陰から見ていたから、状況はご存知ですよね？　真か偽りか、今から調べます」

「――っ、良いだろう。余も真実が知りたい」

様子を見るに、国王も断罪劇を最初から傍観していたということだ。

シャルロッテは静かに奥歯を噛んだ。

(元々アロイス殿下と私の婚約も、王家がエーデルシュタイン公爵家の首輪を繋ぐためのもの……娘の失態で公爵家の権威を落とすことができれば、比較して王家が優位に立てる。だから過去四回でも、陛下は断罪を止めなかったのでしょうね。ヴィム様が介入しなければ、私の命など……っ)

今世になって初めて知る情報に対し、もう抱くことはないと思っていた怒りが首をもたげた。腹の底からじわじわと、熱が湧き上がる。シャルロッテのヘーゼルの瞳に小さな光が宿った。

「おや、顔つきが変わった。シャルロッテ嬢、始めてもいいかな？」

「ええ、いつでも」

「では、悪魔を召喚しよう——おいで？　アルファス」

ヴィムが下に向かって声をかけると、床に闇色の大穴が広がった。そこから、黒い毛並みの立派な狼(おおかみ)が一頭飛び出してくる。

《呼んだ？　今日は何用かな？》

狼は流暢(りゅうちょう)な言葉で返事をした。人の言葉が通じるということから、上級クラスの悪魔だとわかる。

会場の空気はますます冷え込んでいった。

しかしヴィムは、子犬を扱うように狼の姿をした悪魔の頭を撫でる。

「証言の真偽を判別してほしい。相手が嘘をついていたら、呪っていいよ。そして苦しみの感情は、君のおやつにすればいい」

《そういうことなら。で、誰の真偽を見抜けばいい？》

「黒髪の美しい、こちらのご令嬢だ。では早速――シャルロッテ嬢、君は男爵令嬢クリスタに危害を加えたのか否か答えて」

会場にいるすべての者が、固唾（かたず）を呑（の）んでシャルロッテの返答を待った。

「私は、一切の犯行に関わっておりません」

《真実だ。ヴィム、このお嬢さんは嘘をついていないよ》

「らしいね。シャルロッテ嬢、もうひとつ質問をするよ。君は、アロイス殿下に蔑（ないがし）ろにされた覚えがある？」

「えぇ、私の言葉はいつも殿下には届きませんわ」

《真実だ。ねぇ、ヴィム。全然おやつが食べられないじゃん！》

生徒たちは興奮した表情を浮かべつつ、黙ってシャルロッテの無実が証明された喜びを噛みしめた。

一方で「ぐるる」と唸（うな）って不満を訴える悪魔を、ヴィムが宥（なだ）めながら言葉を続ける。

「アルファス、まだ対象者は残っている。で、陛下、残念ながらシャルロッテ嬢は無実だ」

「――では、余に届いたアロイスからの報告書や証拠が嘘だというのか？」

表情を硬くした国王の視線は、アロイスとクリスタに向けられた。

「じゃあ、ついでに聞いてみるか。そこの小娘、次はお前だ。嫌がらせを受けたのは事実か？」

急に話を振られたクリスタはビクッと肩を飛び跳ねさせてから、慌てて答えた。

「わ、私は嘘をついていませんわ！　本当に言った通りの嫌がらせを受けて、階段の上から背中を押されて身の危険を感じました！」

《真実だ。この女も嘘はついていない》

「なるほど。つまり嫌がらせの犯人自体は別にいるというわけだ。調査したのはアロイス殿下か？」

疑心に満ちたヴィムの眼差しが、アロイスへと移される。

「そうだ。私がクリスタから相談を受けて、シャルロッテ追及のために動いた」

《真実だ》

悪魔が真実の判定を下し、アロイスは肩の力を抜いた。

「殿下、まだ質問は終わりではない。調査は公平な立場で行ったのか？」

「……もちろんだ」

《嘘だ》

間髪容れず、悪魔がアロイスの証言が偽りであると判断を下す。

その瞬間、服の上からアロイスの右腕に黒い鎖の模様が浮かび上がった。呪いが発動したのだ。

「この痺(しび)れは……!?」

アロイスの整った顔が苦痛と恐怖で引きつる。

しかしヴィムは興味がなさそうに、淡々と質問を重ねていく。

「はじめから、シャルロッテ嬢が罪を被るように調査をしていたのか？」

「違う！」

《嘘だ。ふふ、美味(おい)しいな》

次はアロイスの左腕に呪いの鎖模様が浮かぶ。彼の額には大粒の汗が滲(にじ)んだ。

「嫌がらせの犯人を知っているのか？」

「し、知らない！」

《嘘だ。いいぞ、いいぞ♪》

呪いで冷静さを欠いたアロイスは次々と嘘を重ねてしまう。ついには首元をぐるっと囲むように呪いの鎖模様が浮かんだ。アロイスの顔面は蒼白(そうはく)で、体がガタガタと震えはじめた。

苦しみの感情がお気に召したのか、悪魔は子犬のようにヴィムの周りで飛び跳ねている。

「ヴィム殿！　ここは一旦王宮に話を持ち帰りたい！」

国王がそう進言すると、ヴィムは人差し指を立てた。

「では、最後に一個だけ。嫌がらせの真犯人は……アロイス殿下かな？」

「……も、黙秘する。もう終わりでいいだろう⁉」

アロイスは頭を振って拒絶を示し、尋問を終わらせようとする。

だが、ヴィムは笑みをぐっと深めた。

「悪魔の尋問で、拒否はペナルティだ。嘘をついたときと同じく呪いが追加になるが、本当に黙秘でいいのかな？　ちなみに殿下は、ここまで嘘を三回重ねている。アルファスの呪いが四つ溜まると、俺でも呪いが解けなくなるから気を付けてくれ——さぁ、真実を告げるか、嘘をつくか、黙秘するか選んで？」

促されたアロイスは血の気が失われた顔をゆっくりとあげ、瞳孔が開いた赤い瞳にヴィムを映した。何か、何か逃げ道はないかと視線で問いかける。

しかし返ってくるのは、心底楽しそうなヴィムの笑みだった。

息を呑んだアロイスは、次に愛しい恋人のクリスタを見つめる。彼女はわかりやすく体を強張らせ、距離を開けるように後退った。

諦めきれず、次は父親に助けを求める視線を向ける。しかし国王は失望したように瞼を閉じ、息子からの助けを拒絶した。

それからシャルロッテへと向けるが——そこには軽蔑に満ちた視線を送る、冷たい表情の彼女がいた。

最後に周囲を見回すものの、誰もがアロイスを見放していることが手に取るようにわかる。

アロイスは顔を歪ませ、震える唇で答えを告げた。

「――……わ、私がすべて仕組んだ」

《ヴィム、真実だよ》

「うっわ、つまり邪魔な婚約者を切り捨てるために、愛しい人に嫌がらせをしたアロイス殿下の自作自演ってことだね。あはははは！　とんだサイコパスじゃないか！　さすが王族はやることが傲慢だ」

ヴィムは愉快そうにケラケラ笑っているが、青い瞳は冷え切り、憎悪の念を隠すことなくアロイスへと向けている。

この天才魔術師は母国に故郷を脅かされた件もあって、『王族嫌い』で有名だ。

このままでは自国にも被害が及ぶと、危機感を抱いた国王がすぐに動く。

「ヴィム殿、アロイスにはきちんと処分を下す。どうか矛を収めてくれないか？」

「……まぁ、今は引きましょう。ただ、ひとりの令嬢が、自ら死を望むような件だったのです。処分の内容はよーく考えてくださいよ？」

「約束する」

《真実だ》

国王の返事に納得したヴィムは指をパチンと鳴らし、アロイスを呪いから解放した。

アロイスは膝をつき、天を仰ぐ。放心した彼の姿にはもう、皆が憧れた王太子の風格はない。

「では、早くことが進むよう、王宮に送ってあげましょう」

ヴィムが手を横に薙ぐと、光のカーテンが現れる。

国王とアロイス、護衛騎士らは光に包み込まれ姿を消した。

会場は煌びやかなまま、時が止まったように静寂が支配する。

シャルロッテは自身の鼓動を確かめるように、胸元に手を当てた。ドクン、ドクンと強い鼓動が感じられる。

(私、今度は助かったの？　死なずに済むの？)

自問自答しながら、彼女はホールを見渡した。

己を断罪しようとしていた元凶は、舞台から下ろされた。命を脅かす存在はもういない。

危機を乗り越えられた――そう安堵した瞬間、シャルロッテの体がふわりと浮いた。

美貌の魔術師ヴィムが、シャルロッテを横抱きで持ち上げたのだった。

「ヴィム様!?　これはなんの真似でしょうか？」

「あなたを俺のものにしようかと」

「ご冗談を！」

ヴィムの胸元を押して拒否の姿勢を示すが、彼は腕の力を強めてシャルロッテを腕の中に閉じ込めようとする。

「自由に、勝手に、好きなようにしていいと言ったのはシャルロッテ嬢だ。俺はあなたを手に入れたい。連れ帰っていいよね？」

「いけません！　確かに〝お好きに〟と言いましたが、そういう意味ではございません！」

《真実だ》

「はぁ、残念。でもこんなに美しく、面白い女性に出会ったのは初めてだから、ぜひほしいと思ったのだけれど……一度助けただけでは、手に入れるのは無理？」

彼は甘えるように、キラキラした青い瞳でシャルロッテの顔を覗（のぞ）いた。しかし――

「ええ、無理ですわ。それにお父様の許可も必要でしてよ。手順を踏んでくださいませ」

ハッキリ否定された銀髪の美丈夫は、「駄目だったか」と子どもっぽく唇を尖（とが）らせ拗（す）ねる。

王城を吹っ飛ばすほど過激で、魔王という異名を持っているとは思えないほど可愛（かわい）らしいが……すっかり人間不信に陥っているシャルロッテには効かない。

（令嬢としての醜態を『面白い』と捉えられるなんて想定外だわ。それだけでなく私をほしいだなんて、恋人、慰み者、実験対象……どういう意味で言っているのかしら）

普段なら「無礼者！」と突き放しただろうが、ヴィムはシャルロッテの冤罪を証明し、窮地を救ってくれた救世主。恩を受けた者として、無下にすることはしたくない。

むしろ礼はしたいくらいだが、ヴィムの――また誰かの支配下に置かれ、命を握られる覚悟は持てない。

何と答えたら……自分の部屋で、落ち着いて考えたい。そう悩んでいたら、景色が変わった。

瞬きをしながら周囲を確認すれば、エーデルシュタイン家の屋敷内にある、シャルロッテの私室に転移していた。

「――え？」

「今日は引き上げて、出直すことにするよ。このあとの王家の動向も見守りたいしね」

ヴィムは、そう言いながら丁寧にシャルロッテをソファへと下ろした。

壊れないよう、宝物を大切に扱うような彼の態度に、小さな罪悪感の芽が顔を出す。

「ヴィム様、私は――」

「これからいっぱい口説くつもりだから、それから考えてよ。楽しみに待っていて」

ヴィムはシャルロッテの黒髪を指に絡めると、毛先に口付けを落とす真似をした。

実際に彼の唇は触れていないのに、オペラのワンシーンを切り抜いたような甘い光景だ。シャルロッテは自身に起きたことだと認識できず、言葉を失って彼を見つめた。

そうしている間にヴィムは「またね」と笑顔で言って、部屋から姿を消してしまった。

「……一体、何が起きたの？」

なぜ、ヴィムがシャルロッテの部屋を正確に知っているのか。口説くというのは、本気で言っているのか。それはいつから始まるのか。受け止めきれないことが多すぎる。

シャルロッテは額に手を当ててみるが、頭の中は混乱したまま落ち着かない。

外は日が落ちはじめ、暗くなっていく部屋で呆然としていると、廊下から慌ただしい気配を感じた。

「シャルロッテ、いるのか⁉」

父の声だ。扉が強くノックされる。

「お父様？」

そう返事をするなり、父だけでなく母も一緒に部屋に飛び込んできた。ふたりの顔色は悪く、信じられない光景を見ているかのような表情を浮かべていた。

そんな両親を見たシャルロッテは、遅れて我に返った。

まだ卒業パーティーの会場にいるはずの娘が、使用人にも知られず部屋に戻っているなんて普通ではあり得ないことだ。

すぐに帰宅を知らせにいくべきだった……と、謝罪しようと腰を浮かしたシャルロッテの体を、駆け寄ってきた母が抱き締めた。

勢いに押され、シャルロッテの腰はソファに沈む。

「シャルロッテだわ。本物のシャルロッテよ――っ」

母は、声を震わせながら娘の名前を何度も呟く。

そして父はシャルロッテの前で片膝をつき、緊張した面持ちで問いかける。

「先ほど執務室に、魔術師のヴィム・ギースベルト殿が突然現れて、卒業パーティーのことを簡単に聞かされた。アロイス殿下が、無実の罪を被せようとしたのは本当なのか？」

どうやらヴィムは私室から姿を消したあと、シャルロッテの両親に事件と娘の帰宅について知らせてくれたらしい。

「はい。アロイス殿下は、私が邪魔だったようです。皆の前で身に覚えのない罪で糾弾され、婚約の破棄を申し渡されました」

「なんということだ……」

父親は言葉を失い、強く握った拳を震わせる。娘と同じヘーゼルの瞳には、激しい怒りの炎が見えた。

「陛下に至急確認を取らなければ」

「お父様、それについてなのですが……会場の陰で卒業パーティーを見守っていらしたようで、陛下はすでにご存じです。アロイス殿下の報告を信じていたようで……私に罪があると、断定していたご様子で……それで……私は……っ」

今になって恐怖で体が震え始める。唇までも強張り、言葉がうまく紡げない。

公爵令嬢シャルロッテ・エーデルシュタインは悪役令嬢である――という台本通りに進もうとしていた未来が、すぐそばにあったことが恐ろしい。四回繰り返しても慣れない苦しみは、過去として向き合うには生々しく覚えすぎている。

娘の浅くなってしまった呼吸に気付いた母が、シャルロッテの背を優しく撫でた。

「怖かったでしょう、シャルロッテ。そんな状況でよく乗り越えたわね。頑張ったわね」

「私はただ……っ、ただ……！」

シャルロッテは、自分がしたことを言葉にできなかった。

両親は、彼女に惜しみない愛情を注いでくれた存在だ。

次期王妃として恥じぬよう施された教育は厳しかったものの、いつも寄り添い、励まし、ときには可愛いと褒めながら育ててくれた。成人の仲間入りをするデビュタントを果たしたときは、涙を流して喜んでくれた。

立派なレディになりましたね――と、世界の誰よりも祝福してくれた家族。

だというのに自分は生きることを諦め、淑女にあるまじき醜態を大勢の前で晒し、早く殺してと相手に望んだなど、愛してくれている両親にどう言えようか。

シャルロッテの目からは大粒の涙が溢れだす。

「ごめんなさい。ごめんなさい」

「どうしてシャルロッテが謝るんだい？　お前は真面目に王妃教育を受け、アロイス殿下を立派に支えようと努めていたじゃないか。お前は、何も悪くない」

アロイスの心を繋ぎ留められなかったことへの謝罪だと、思ったのだろう。父も慰めるようにシャルロッテを抱き締める。

「大丈夫だ。もうお前を王家の好きにはさせないよ」

「わたくしも、シャルロッテのそばにいますからね」

優しい両親に挟まれ、シャルロッテの冷え切っていた体に温もりが戻ってくる。

(温かい……なんて温かいのっ)

エーデルシュタイン家の家族仲はとても良好で、節目の日にはよく抱擁を交わす。もちろん卒業パーティーに出発する直前にも、シャルロッテと両親は抱き合った。人生を繰り返したあとの、今の人生では数時間ぶりの抱擁。

しかし、これまでの記憶を取り戻したシャルロッテにとっては、実に四か月ぶりに等しい。牢獄で渇望し、二度と戻れないと思っていた居場所に帰ってこられたことが奇跡のよう。

もしヴィムが助けに入ってこなければ、今ごろ自分は再び牢獄で家族の温もりを求めていたことだろう。

他の生徒は自分を擁護しようとしてくれたが、アロイスが用意した証拠品が出されていたら、同情なんてものは簡単に消えてしまっていたはずだ。そのことは、過去の経験で身に染みている。

ヴィムが自分を欲しがっていることは悩みの種ではあるものの、救ってくれた事実は変わらない。

(改めて感謝を伝えないといけませんわね。この件も、お父様とお母様に相談しなければ……それはわかっているけれど……今は言葉が出てこない)

あらゆる感情が大きくなりすぎて、抱えきれなくなったシャルロッテの瞳からは涙が溢れ、喉から出てくる声は震えて形になっていない。気付けば、幼子のように泣いてしまっていた。

それを両親は受け止め、優しく背や頭を撫でるものだから止めることは不可能。
ただ助かった安堵と幸せを噛み締め、その晩シャルロッテは泣き明かした。

第二章『新たな問題』

「本当に面白いことになった」

そう呟きながらヴィムは、高価な調度品が置かれた部屋にふわりと降り立った。

緻密な刺繍（ししゅう）が施されたカーテンに、歴史的な有名画家の絵画、金で出来た花瓶。どれも一級品で揃えられた部屋は、迎賓向けに誂（あつら）えた特別な客室だとわかる。

ここはアメルハウザー王国の王宮内に用意された、ヴィムの部屋だ。自由に転移できるから不要だと思っていたが、用意してもらって良かったと今は思う。門番を通すことなく、正当に王宮内に出入りできるのは便利だ。

《ヴィム、嬉（うれ）しそうだね》

ついてきた狼形の悪魔アルファスが、口元ににやりと笑みを浮かべた。

「あぁ、運命の女性と出会えたんだ。これを喜ばずにいられるか」

一目見た瞬間、ヴィムはシャルロッテに視線を奪われた。

黒曜石に負けない深い闇色の髪は長く艶やかで、金で出来たようなヘーゼルの瞳は力強く、日焼けしらずの白磁のような肌は輝いて見えた。

そして化粧やドレスが、完璧にそれらの魅力を引き出していた。

背筋が伸びた姿勢は気高さを感じさせ、一歩踏み出す度に揺れるドレスすら優雅の一言。

こんなにも綺麗な女性を見たのは初めてだと、素直に感嘆のため息を漏らしたほど。他の生徒を観察することも忘れて、ヴィムはシャルロッテを視線で追った。どんな女性なのだろうか――と、興味を膨らませながら。

そして知ったのは、王太子の婚約者であり、婚約破棄を言い渡されるほどの悪女だということだった。ヴィムの隣にいた国王に聞けば、シャルロッテの悪行の証拠は揃っているらしい。

しかし、このときのヴィムは断罪内容を信じることができなかった。シャルロッテのことは初めて見たはずなのに、どうしても彼女が悪行を働く人には思えなかったのだ。

いつもの彼なら面倒に巻き込まれないよう、貴族同士の争いには介入しない。だが今回に限ってはアロイスの主張に綻びができないかと、シャルロッテの無実を信じられるきっかけが生まれないかと、助けに入れる隙ができないかと願ってしまった。

(どうして俺は、ここまでシャルロッテ嬢を助けたいのだろうか)

そんな疑問を抱きながら見守っていると、想像もしていなかった展開で状況がひっくり返った。

どう見てもプライドが高そうなシャルロッテが、地面に寝そべりながら「さっさと殺しなさい」と強気にアロイスを煽るではないか。悲劇の主人公を演じるでもなく、ただ淡々と冷静に相手に迫る様は痛快だった。

これほどまでの豪快な行動と胆力を見せられて、動かないわけにはいかない。

ヴィムはシャルロッテに落ちていくのを感じながら、ホールに姿を現したのだった。

「さぁて、好いてもらうためにも、シャルロッテ嬢にいい土産話を用意しないとね。じゃあな、アルファス」

《また美味しそうな人間がいたら呼んでね。バイバーイ》

「食いしん坊め」

アルファスが姿を消したのを確認してからヴィムは、国王から渡されたメダルを胸につける。王宮内であれば、どのエリアも自由に出入りできる通行証だ。

魔法で国王の居場所を探りながら、堂々と廊下を進む。王宮で働く者たちはヴィムの姿を見るなり、頭を垂れて道を開けていった。それは王族の寝所もあるプライベートエリアでも例外ではない。奥へ進んでも、彼を咎める者はいなかった。

「ここかな。入れてもらえる？」

部屋の前に立つ近衛騎士に声をかければ、待たされることなく扉が開けられた。

ヴィムの客室に劣らない、豪華な応接間だ。テーブルを囲むように、国王、王太子アロイス、神経質そうな宰相が座り、幾人もの近衛が周囲を固めていた。

国王がヴィムの姿を認めると、苦笑を浮かべた。

「ヴィム殿、やはり来たか」

「ええ、よろしいですか？」

「あちらの席にかけてくれ」

ヴィムが来ることを最初から予想していたのか、国王たちのテーブルから少し離れた場所にひとり掛けソファとサイドテーブルが用意されていた。しかも紅茶と軽食付きだ。

これ以上、ヴィムの機嫌が損なわれることがないよう配慮したのだろう。

（傲慢な王家にしては、珍しく腰が低いじゃないか。俺の機嫌を取り、出し抜こうとしている表れでなければ良いが……）

魔法審問――アルファスの真偽判定には、抜け道があった。

真偽は、証言者の記憶と精神状態をもとにアルファスが判定している。証言者が『真』と信じて証言すれば『真』になるというもの。

つまり証言者が真実を知らず、『真』だと信じ込んでいれば、事実が異なっていても『嘘』の判定が下されることはない。

会場から転移する直前、国王はきちんとアロイスに処分を下すと約束し、『真』と判定されたが油断は禁物。アロイスの話を聞いたあと、揺らいだ王家の立場を鑑みた際、国王の覚悟も揺らぐ可能性がある。

また魔法審問には約束の拘束力はなく、破ろうと思えば破れてしまう。

（魔術師でもなく、悪魔にも精通していない国王が抜け道を知っているとは思えないが、警戒するに越したことはない。この国の王に約束を守る気概があるがどうか、どのような処分を下すのか、お手並み拝見といこう）

クスリと笑みを零し、ヴィムはソファに腰掛けた。

アロイスの取り調べは、国王自ら行うらしい。父ではなく、国王として毅然とした態度で進められた。同席しているヴィムへの恐れもあってか、アロイスは質問に対し従順に答えていく。

そうして、男爵令嬢クリスタへの嫌がらせから断罪劇までの一連の事件は、自ら企てたものだとアロイスは完全に認めたのだった。

「シャルロッテは完璧で隙がなく、まるで美しい人形の相手をしているようでした。それに比べクリスタは容姿が可愛らしいだけでなく、花が咲いたような無邪気な表情を見せてくれた。いつも私を頼り、些細なことも褒め、常にそばにいることを求めてくれた。私の真実の愛は、クリスタにあると思ってしまったのです」

アロイス曰く、クリスタに傾倒していったのは、嫉妬の欠片も見せないシャルロッテが面白くなかったのも一因らしい。

シャルロッテはアロイスの浮気を知ったときも、慌てることなく一言だけ忠言するに留まり、その後は黙認していた。

アロイスのプライドは酷く傷ついたらしい。わずかにあった幼馴染への情も薄れ、疎ましい存在に変わり、シャルロッテを排除すると心が決まるまでに半年もかからなかったようだ。

(要は、承認欲求を簡単に満たしてくれる甘え上手で、支配しやすい自分より弱い立場の令嬢が好みだったわけか。甘えられたいがために嫌がらせ事件を起こし、頼られて喜ぶなんて……これ

ほどまでに悪趣味なマッチポンプは聞いたことがない）

アロイスが語る真実の愛があまりにも滑稽で、ヴィムは密かに鼻で笑った。

クリスタへの嫌がらせも、犯人がシャルロッテに絞られるよう、実に用意周到に進められていた。

婚約しているため、定期的にアロイスはシャルロッテへ贈り物をする義務がある。それには宝石やドレスだけでなく、普段使いするものも含まれていた。

例えばインクだ。アロイスは特注のインクを工房に用意させ、少量を密かに手元に残して、シャルロッテに贈った。「愛用してくれると嬉しい」とそれらしい一筆を添えて、日頃から使うように仕向ける形で。

真面目なシャルロッテなら、義務を守ろうとして必ず使うと確信しての誘導だ。あとは手元に残していたインクで、クリスタの所有物を汚すだけ。

脅迫文に使った箔入りの便箋も、ロッカーに入れた動物の死骸を包むハンカチも、その異臭を隠すために使った香水も、全てシャルロッテの愛用品と一致するように仕組まれていた。

婚約者の権限を使い、シャルロッテのスケジュールを調べ上げ、彼女のアリバイが証明しにくい時間と場所を狙って実行すれば、素晴らしい証拠の出来上がり。

駄目押しにシャルロッテに変装した部下を使い、クリスタを階段から突き落とせば、断罪の準備は完璧だ。

犯人はシャルロッテだと自ら見せつけるような痕跡に、何も知らないクリスタの目には、アロイスを愛する婚約者の強い嫉妬と牽制に映ったことだろう。

　そしてシャルロッテの無実を証明するのが難しい状況では、国王はアロイスが用意した証拠の方を信じるしかなかった。断罪は、国王が認めた状態で行われていた。

　信用していた後継者の所業に、国王は落胆を露わにする。

「余まで騙そうとしたとは、許せるものではない……エーデルシュタイン公爵家に対し詫びを用意しなければならぬ事態を引き起こしよって。処分は、軽く済ますことはできない」

「ち、父上、騙しているのは私だけではありません。シャルロッテも嘘をついております！　クリスタを優先してしまっていたことは認めますが、私はシャルロッテを虐げてはおりません。彼女が死を望むほどまでの苦しみを、与えたことはないのです」

「しかしシャルロッテ嬢の、蔑ろにされてきたという発言には『真』の判定が下った。彼女を非道な手段で陥れようとしたアロイスのことだ。お前にとっては記憶に残らないほど軽いことでも、シャルロッテ嬢にとっては酷く屈辱的なことだったのだろう」

「そんな……っ、これだけは嘘ではありません。父上、信じてください。そ、そうだ……ヴィム殿、再び魔法審問を行ってくれないだろうか？」

　先ほどまで怯えるように視線すら合わせようとしなかったアロイスが、ヴィムに懇願の眼差しを送る。

ヴィムは長い足を組み直し、不敵な笑みを浮かべた。

「今回は、そちらからの仕事の依頼と受け取るよ。しかも悪魔を召喚する特別なもの。それなりの対価を希望するけど、アロイス殿下に用意ができるかな？」

「ちなみに、どのような対価を？」

わずかに見えた希望に飛びつくように、アロイスはテーブルに手をついて前のめりになる。王族である彼なら、金や宝石はいくらでも用意できる自信があるからこそ、希望を持てるのだろう。

そんな王子を弄ぶように、ヴィムは無邪気な笑みを浮かべた。

「殿下のお命をお願いできますか」

「——は？」

「悪魔の召喚には基本的に魔力が必要で、足りなければ寿命を差し出さなければなりません。目安としては、下級悪魔の召喚に五十年分の寿命が必要と言われています。さて、殿下の寿命はどれくらい残っているのか」

魔法審問を行うアルファスは、上級クラスの悪魔。五十年を超える寿命が必要なのは明らかだ。そしてアロイスには、魔力が一切ない。つまり、生きて悪魔を召喚することなど実質不可能。

これは、協力する気はないという、ヴィムの拒絶の表れだ。

「悪魔に払える対価なんて……ヴィム殿、あなたの力はどうしたら借りられるだろうか？」

「希望する悪魔を斡旋(あっせん)するではありませんか。それ以上の仕事はお断りさせてもらうよ」

「では、私の寿命の代わりに、我が国の魔術師の魔力を対価にすることは――」

アロイスは諦めきれないのか、ヴィムに食い下がった。

だが、すぐに国王に制されてしまう。

「見苦しいぞ。シャルロッテ嬢の発言こそ、魔法審問で真実が証明されている。それなのに、罪を軽くしようと足掻くなど……お前の態度から、今回の件を重く受け止めていないことがわかった。この場で処分を下す」

「そんな！　嘘ではありません。父上、私は――」

「王宮の地下にある六番牢にて反省せよ。シャルロッテ嬢に使おうとしていたのだから、すぐに入れる準備は整っているのだろう？」

「父上、信じてください。私は誓って、シャルロッテを直接害することはしておりません。父上！　六番牢だけはお止めください。他の場所にお願いします！　あそこだけは――」

「もう良い。連れていけ」

国王は頭痛に耐えるように額を押さえ、近衛騎士に命じた。

こうしてアロイスは喚き声を響かせながら、応接間から引きずり出されていったのだった。

(今さら信じてほしいなんて、馬鹿馬鹿しい。身から出た錆じゃないか)

そうヴィムが呆れていると、国王が視線を寄越した。

「ヴィム殿、これで約束は守ったと認めてくれるだろうか？」

「シャルロッテ嬢が納得すれば、ですが……どうでしょうね？」

数日だけ投獄してお終いでは困る。これまでシャルロッテが味わったであろう苦しみに対して償うには、まだ足りないように思う。

それを暗に示せば、国王は「六番牢には、しばらく入れておく」と約束した。

（しかしシャルロッテ嬢が〝投獄するくらいなら首を落としてほしい〟と望み、アロイス殿下があれほどまでに拒絶した六番牢って一体……）

ふと、どれだけ酷い場所なのか興味が湧いた。

念のため国王に断りを入れて、ヴィムはひとり地下へと転移する。

降り立った場所は、薄暗い石造りの通路だ。奥へと細く伸び、手前の扉には一番を示す刻印が施されている。二番、三番と空部屋が続き、最奥に六番の扉があった。

それを押せば、扉はギィと金属が軋む音を立てて開いた。

「――っ」

扉を開けた瞬間に押し寄せる異臭に、ヴィムは思わずローブの袖で鼻を覆う。

湿気た空気に、カビや饐えた臭いが混ざり、鼻を突くような悪臭となって室内に充満していた。

部屋の中には中央を仕切るように鉄格子が設けられ、手前が看守や面会に訪れた人のためのスペースで、奥が罪人の過ごす場所になっているようだ。空気が入れ替わりそうな場所は、天井近くの小さな窓ひとつだけ。扉が閉まっていれば、風も流れないため空気は澱む一方だろう。

耐え切れず、ヴィムは風の魔法で悪臭を外へと追いやった。しかし気休めにしかならない。

「人が過ごす場所の匂いじゃない。いや、設備も負けず劣らずというか……」

鉄パイプ製のベッドにはマットレスの代わりに木の板が敷かれ、寝具は薄い毛布のみ。あれでは体を痛めそうだ。

床は濡れており、靴裏からは滑りを感じる。雨漏りがすると聞いていたが、ここ数日アメルハウザー王国の王都は晴れていた。実際に雨が降ったとき、どれだけ濡れるのか想像しただけで寒気がする。

あとは簡素な衝立しかないトイレがひとつあるだけで、机も洗面台もない。

シャルロッテ投獄のために準備を整えていたと聞いていたのに、あまりにも劣悪な環境だ。

「本気でこんなところに、シャルロッテ嬢を入れようとしていたのか？　いや、あのサイコパス王子のことだ……彼女を苦しめるために、故意に環境を悪化させて用意したってことも考えられるな。空気の入れ替えなんてするんじゃなかった」

貴族への敬いも、女性への配慮も、人間としての尊厳を守る気も何もかもない冷たい場所だ。

そんなところに入れようとしていたアロイスへの嫌悪感がますます強くなる。

「馬小屋の方がずっとマシだな。ま、殿下の反省には誂え向きの部屋か」

そう吐き捨てたヴィムは、転移魔法で六番牢をあとにした。

◇◇◇

卒業パーティーから五日、シャルロッテは、ほとんどの時間を私室で過ごしていた。

今日もただぼんやりと外を眺めようと、ソファを窓辺に移動させて腰を下ろしたのだが……。

「やっぱり落ち着かないわね」

シャルロッテは苦笑いを零した。

これまでの彼女は王妃教育に社交、学園生活、エーデルシュタイン家の貿易業の手伝いなどで忙しくしていた。そのため、何もない時間の過ごし方がわからない。

では刺繍や読書はどうか。そう思って手に取ってみたものの、気付けば手が止まっている。不注意で針や紙で指先を怪我したら、さらに周囲に心配をかけるのは明白。

だから思い切って何もしないことにしたが、これはこれで難しい。

父は今後について話し合いをすべく毎日王宮へ出向いており、屋敷を留守にしている。

母は茶会や夜会といった社交をすべて断って屋敷に留まっているが、シャルロッテを気遣って積極的に構いにくることはない。侍女も同じく、必要なとき以外は退室していた。

「そういえば、結局ヴィム様から音沙汰がないわね」

ヴィムが突然現れるかもしれないと密かに警戒していたため、肩透かしを食らった気分だ。

助けてもらったというのに、あの日は混乱でお礼を伝えることができなかった。その詫びと、改めてお礼の言葉と品を贈るため、彼女なりに計画を立てていたのだが。

同時に、彼が来なかったことに安堵もしている。

ヴィムは、社交界で美しいと評判のシャルロッテから見ても麗しい青年だ。窮地を救ってくれた恩もある。童話の世界では、恋に落ちるような流れ。

しかし、「あなたを手に入れたい」と再び願われても、シャルロッテは頷(うなず)けるような気分ではない。「あれは、一瞬の気まぐれだった」と、できればこのままヴィムが興味をなくしてくれたらいいのにと願う。

そうなればヴィムの時間が無駄になることもなく、シャルロッテは恩人の好意を受け取れないという罪悪感を抱えずに済むのだが……。

「駄目ね。違うことを考えましょう」

このままだと、ヴィムのことばかり考え続けそうだ。自ら沼にはまる必要はない。

シャルロッテは立ち上がり、話し相手になってもらえるよう母のもとへと向かった。

◇◇◇

翌日、アメルハウザー王国の国王が、ヴィムを伴ってエーデルシュタイン公爵家の屋敷を訪れた。

国王の正面にエーデルシュタイン公爵が、その隣にシャルロッテがソファに腰掛ける。ヴィムは、護衛というより見張りのように国王の斜め後ろに立った。騎士や使用人は退室を命じられ、四人だけで事件の説明会が始められる。

卒業パーティーでの断罪ならびにクリスタへの嫌がらせは、全てアロイスが企てたものだった。男爵令嬢クリスタを妻に迎えるために、邪魔な婚約者シャルロッテを排除しようと計画されたものだと、予想通りの説明がされる。

シャルロッテを陰湿な悪女に仕立て、アロイスとクリスタは障害を乗り越えたという美談にして、新たに婚約を結ぼうと考えていたようだ。身分差は、クリスタを高位貴族の養女にして解決するつもりだったらしい。養子先は、証拠の捏造に協力した側近の家だそうだ。

それらの報告書や、シャルロッテに濡れ衣を着せようとした証拠品も見せてもらったが、それは見事な出来だった。無実を証明しろと言われ、応えるのが難しいと思うほどに計画がしっかりと練られていた。

(前までの人生では証拠が壊されるからと言って、近くで見せてもらえなかったけれど……本当に、どれもよくできている。特に陛下は優等生のアロイス殿下を買っておいでだったから、信じてしまうのは無理もないわ……だからといって、簡単に許せるわけではないけれど)

シャルロッテは報告書をテーブルに戻し、核心に触れる。

「陛下、今後はどのようになさるのでしょうか？」

「エーデルシュタイン家には慰謝料を払い、王家の国宝をひとつ譲る。またシャルロッテ嬢個人については、各貴族に参加義務を課している、王家主催の夜会や茶会に不参加でも不問に付す。期限は設けず、一生を通して適用することに決めた」

王妃との関係は悪くないが、アロイスには陥れられ、国王には見捨てられるところだった。今後、王家との関わりを避けたかったシャルロッテにとっては朗報だ。

「そしてアロイスについてだが……王位継承権を剝奪し、王宮の地下の六番牢に投獄することに決まった。すでに処分は遂行され、アロイスは六番牢に入っている」

アロイスの処分内容に、シャルロッテは目を丸くした。六番牢は本来、死刑待ちの人間を入れるような劣悪な場所だ。

「……陛下、まさか極刑になさるつもりですか？」

「いや、シャルロッテ嬢をどのような場所に入れようとしていたか、本人に身をもって体験してもらい、反省を促そうと思ってのことだ。六番には最低一か月……反省の色が見えなければ見えるまで投獄したのち、簡素な客室に生涯幽閉とする。そして予算は王都に住む平民の生活水準へと落とす。アロイスの処分に関しては、これで納得してくれると助かる」

国で一番重たい頭が、シャルロッテに向けて下げられた。

その後ろでは、ヴィムがニッコリと笑みを深めて、頭を軽く横に傾けた。「気に入ってくれた？」と問いかけているようだ。

正直、シャルロッテが想像していた以上の厳しい処遇だ。せいぜい、これまで暮らしていた私室に生涯幽閉で済まされると思っていた。父の働きもあるのだろうが、この処分の重さは、間違いなくヴィムの介入が影響を及ぼしている。

断罪四回分には及ばないものの、アロイスが自分とほぼ同じ苦境を味わうと知ったシャルロッテの溜飲(りゅういん)は下がった。

「私から申し上げることはございません。陛下のご判断のままに」

国王は安堵したかのように、小さく息を吐いた。

「感謝する。王家に迎えられなくなり非常に残念だが、余は今後も変わらずシャルロッテ嬢の幸せを願っている。そこで、シャルロッテ嬢には新たな婚約者候補を紹介できればと思っているのだが、どうだろうか?」

「……それはどういう?」

「ヴィム・ギースベルト殿より、シャルロッテ嬢に求婚したいとの申し入れがあった」

シャルロッテはヴィムに「本当に?」と問いかけるような視線を向けた。

彼は微笑みながら頷きを返す。

「俺は他国の人間。その国の貴族の令嬢に求婚するのであれば、陛下の耳に入れるのが筋かと思ってね。もちろん、シャルロッテ嬢が言ったようにエーデルシュタイン公爵にも伝えてある。だから、もう一度考えてほしいな」

突然断罪に介入したり、勝手に人の私室に転移したり、道化師のような態度で周囲を振り回してばかりのヴィムが、シャルロッテの言いつけ通りに手順を踏もうとしている。

意外に従順な彼の姿には驚きだ。しかし、これでは……。

「ヴィム殿は大陸一の才能ある魔術師。年はシャルロッテ嬢の六つ上の二十四歳。年齢のバランスも悪くない。この上なく素晴らしい縁であり、余としても祝福したいところではあるのだが――」

言葉を途切らせ、国王はシャルロッテの表情を窺った。

天才魔術師ヴィムをアメルハウザー王国に引き込む絶好の機会だ。ヴィムを手に入れるため、国王としてはこの婚約を進めたいのだろう。

前回は公爵家の首輪を繋ぐため、今回はヴィムの首輪を繋ぐためにシャルロッテを利用しようとしている。

再び都合のいい駒にされるなんて、心底うんざりする。

しかし、ここで断ったら国王の反感を招く可能性がある。目障りだと、次は国王に立場を揺るがされるかもしれない。腐っても王家。持っている影響力は大きい。

六番牢の光景を思い出したシャルロッテの息が、だんだんと浅くなっていく。父が「シャルロッテ！」と言って、ふらついた彼女の肩を支えた。

そしてヴィムはというと、笑みを浮かべたまま後ろから国王の横顔を覗き込んだ。

「ねぇ、陛下。王家がシャルロッテ嬢に無理強いしないという約束は、茶会と夜会だけではなく婚姻関係も含まれると約束したはずでは？　困るんですよね。こういうの」

その声はとても低く、はっきりとした怒気が含まれていた。

国王がハッとしてシャルロッテから視線を外した。

「ヴィム殿、そういうわけでは」

「本当ですか？　シャルロッテ嬢の顔色が悪い。視線で圧力をかけているように見えたのですが……それに俺は求婚することを認めろと頼んだが、成立させろとまでは頼んでいない。余計なことをしないでいただきたい」

「節介が過ぎたことは認めよう。ただ、王家としては一切強要するつもりはない。この件はヴィム殿とシャルロッテ嬢の、本人同士の意思に委ねる」

「それは良かった！　今後とも権力を笠に着て、王家の都合をシャルロッテ嬢に押し付けないようお願いしますよ。ということでシャルロッテ嬢、宣言通りあなたを口説きにきた。あれから、少しは前向きに考えてくれたかな？」

ヴィムはシャルロッテの前で片膝をついて、蕩（とろ）けるような笑みを浮かべた。透き通る青い目を輝かせ、彼女を見上げている。

困惑したシャルロッテは、父に助けを求めた。

「お父様、私は……」

「今は、次の婚約を考えられないことは理解している。心の整理には時間がかかるのは当然だろう。だから求婚を受けるかどうかは、シャルロッテの気持ちを尊重するつもりでいる。返事は先延ばしでも、断っても良い。それはヴィム殿も理解しているはずだ」

同意を求めるように、父がヴィムに視線を投げかけた。

「ヴィム殿、私はシャルロッテの幸せを考え、娘自身が望む相手であれば、身分問わず婚約を結ぼうと思う。つまり、シャルロッテが納得しなければ、ヴィム殿であっても私は応援できないことを知っておいてほしい」

「俺だって好かれて婚約したいです。公爵の気持ちは理解できています」

ヴィムはエーデルシュタイン公爵に頷くと、シャルロッテに向けて片方の手を差し出した。

「ねぇ、シャルロッテ嬢、求婚がまだ受け入れられないのなら、試しに恋人から始めてみないか？　平民は婚約する前に、親睦期間を設けるんだ。付き合って嫌になったら、俺を振ってしまえばいい。悪くないだろう？」

ヴィムは、国王を黙らせるほどの存在。彼が持つ力を使えば父・エーデルシュタイン公爵をも黙らせ、強制的に婚約を結ぶことも不可能ではない。転移魔法が使えるのだから、シャルロッテを攫(さら)ってしまうことも容易だろう。

恋人から始めようという誘いは、ヴィムが最大限に譲歩してくれているということだ。

（ヴィム様がどのような方か知る前にお断りするのは、恩人に対して無礼すぎる。そして彼もまた、本当の私を知れば恋心など長く続かないはず……ヴィム様の気持ちが冷めるまで、私はい

つも通り振る舞い、振られるのを待てばいいのよ）

　シャルロッテは、差し出されたヴィムの手にそっと自身の手を重ねた。

「お誘い、お受けいたしますわ」

「ありがとう。あなたに好いてもらえるよう頑張るから、これからよろしくね」

　ヴィムは青い目をうっとりと細め、嬉しそうにはにかんだ。

　あまりの眩さに、シャルロッテの胸が勝手に高鳴ってしまう。ヴィムに知られてしまったら、気持ちに応えられそうもないのに、変な期待をさせてしまいかねない。

　加速しようとする鼓動を諫(いさ)めながら、「こちらこそ、よろしくお願いします」と、シャルロッテは形式的な微笑みを返した。

第三章『運命の再会』

エーデルシュタイン公爵家の庭園は広大だ。正門から屋敷の間には整えられた芝生が広がり、裏手には庭師が手入れした渾身（こんしん）の造園エリアが三か所あった。テーマは異なるが、どこも素晴らしい場所だ。

そのひとつ『グリーンガーデン』と呼ばれるエリアでは、花よりも緑の観葉植物が多く植えられている。華やかさには欠けるが、その分落ち着きのある庭になっていた。

庭の中心には白亜のガゼボがあり、中では茶会の席が用意されている。小さめのラウンドテーブルには料理長渾身のケーキと軽食が載ったケーキスタンドが、ワゴンには最高級の茶葉と茶器が出番を待っていた。

空は雲ひとつない快晴で少しばかり日差しは強いが、屋根のあるガゼボの下は日陰になっていて過ごしやすい。屋外で茶会を催すには、最良の日と言えよう。

「ご満足いただけるかしら」

この会場は、シャルロッテ自ら念入りに準備をしたものだ。ケーキの種類も茶葉も、吟味して選んでいる。

誰かをもてなすのは久しぶりのこと。ほんの少しソワソワした気持ちでガゼボの前で立っていると、彼女の少し先に、淡い光を纏（まと）った銀髪の麗しい青年がふわりと降り立った。

扉も何もないところで、突然人が現れるのは実に不思議な光景だ。

「こんにちは、シャルロッテ嬢」

そう言って口元に弧を描いた魔術師は、本日も麗しい。銀髪は日の光を浴びてより輝き、青い瞳は晴れた空より澄んでいる。筋の通った鼻梁は高く、ほんのり甘さを含んだ端正な顔立ちだ。

容姿だけなら、これまでシャルロッテが会った異性の中では最上かもしれない。見惚れて隙ができてしまわないよう、より気を引き締める。

「ヴィム様、ごきげんよう。本日はようこそお越しくださいました」

シャルロッテは恩人に深く頭を下げて出迎えた。

今日はヴィムとの初めての茶会。恋人として親睦を深めるよりも、卒業パーティーで助けてもらったお礼の意味合いが強い。だから、態度はかしこまったものにしている。

「どうぞ、こちらにお席を準備しております。遠慮なくお寛ぎくださいませ」

シャルロッテに促され、ヴィムはガゼボに足を踏み入れる。そしてテーブルを見るなり、軽く瞠目した。

「ケーキも軽食もたくさん……他に誰か来るの？」

「いいえ、本日はヴィム様だけですわ。お好みの物がわからなかったものですから、色々とご用意させていただきました。どれか、お口に合えばよろしいのですけれど」

「全部俺のため？　これは嬉しいな」

反応は上々。気に入ってくれた様子に、シャルロッテは小さく胸を撫で下ろす。

そして向かい合うように腰掛け、ヴィムが紅茶に口を付けたタイミングで、彼女は再び頭を下げた。

「卒業パーティーでは助けていただき、心より感謝しております。私ひとりでは、最後まで切り抜けることはできなかったでしょう。ヴィム様が悪魔を召喚してくださったお陰です。ささやかではありますが、本日はそのお礼になればと思います」

「だからこんなにも豪華なのか。気にしなくていいのに。一目惚れをきっかけに、予想しなかった行動をとったあなたに、俺が惹かれてしまっただけだから」

「ひ、一目惚れでございますか？」

令嬢である自分より麗しく見える魔術師が、何を言うのか。シャルロッテは、頭を軽く傾けた。

「あぁ、言ってなかったか。会場で好みど真ん中のシャルロッテを見つけて喜んだのも束の間、王太子の婚約者と知って撃沈。しかも悪女だという流れでさ……そうしたらあなたが見事な切り抜け方をするじゃないか。床に寝そべった大胆さには興奮したし、逆境の中で淡々と相手を煽り続ける姿は本当に痺れたね！　何より悪魔が召喚され皆が怯える中、シャルロッテ嬢だけは堂々としていた。すべてが素晴らしいじゃないか！　本当に最高だったよ！」

ヴィムの熱く語る様子に、シャルロッテは圧倒される。

何より、やさぐれて起こした淑女らしからぬ行動が絶賛されるとは思わず、驚きを隠せない。

シャルロッテがとった行動は、どれも公爵令嬢として失格のものばかり。実際に彼女が床に寝そべったとき、誰ひとりとして好意的な視線は寄越さず、軽蔑と困惑の眼差しが多かった。困惑も、失望に近いものだった。

王宮の使者から卒業パーティーでの顚末を聞かされた父と母も、「そんなにも屈辱的な行動をとらざる得ない状況だったなんて、可哀想に」と嘆いていた。

それほど、酷い行動だった。

床に寝そべったことや、両手首を揃えて差し出したことに後悔はない。

ただ、両親を悲しませてしまったことや、友人や憧れてくれていた後輩を落胆させてしまったことが、シャルロッテの心に影を落としていることは否定できなかった。

一方で、ヴィムは素晴らしいと評価してくれた。少しばかり、重くなっていた胸の裡が軽くなっていくのを感じる。

「ありがとうございます。ただ必死だっただけなので、なんだかお恥ずかしいです」

「余裕がなかったと？　すべてを悟ったような、堂々とした振る舞いに見えたのに。シャルロッテ嬢は、本当に予測がつかないな。気になって、気になって、仕方ないよ。あなたはどれだけ俺を夢中にさせる気？」

そう甘く囁かれた言葉に、シャルロッテは冷静になった。

（やっぱり……ヴィム様は、私の奇天烈な行動が珍しかったから、興味を抱いているのだわ。容姿はお好みなのかもしれないけれど、本来の私が典型的な令嬢だと知ったら、興味は薄れていく。飽きるのなら、早めに飽きてほしいわね）

　無礼に当たらない程度に、残りの時間は粛々と対応していくことにした。

　だが、たった一度の茶会で飽きるはずもなく……茶会の終わり際、ヴィムは席を立ってシャルロッテの手を取った。

「今日は楽しい時間をありがとう。前回とは違う顔を知れて、シャルロッテ嬢のことがもっと気に入ってしまった。落ち着いた態度も魅力的だね」

　むしろ関心を高めてしまったようで、ヴィムはさらりと好意の言葉を告げた。

　慣れない甘い言葉にシャルロッテの心臓はキュッと締まるが、悟られないよう微笑みを保つ。

「久しぶりの茶会で緊張しておりましたが、満足していただけたようで嬉しいですわ」

「うまく躱（かわ）すね。はは、ガードが堅い。その分、口説き甲斐（がい）がありそうだ。また会いにくるから、待っていてね？」

　ふたりは一応、恋人同士という関係。本来なら「お待ちしています」と応えるところ。

　しかし、シャルロッテは返事を躊躇（ちゅうちょ）した。現時点でヴィムの気持ちに応える気がないのに、期待させるような不誠実な言葉は安易に使いたくなかった。

　では、なんて返せば――そうわずかに逡巡（しゅんじゅん）している間に、シャルロッテの手の甲に口付けが落とされた。もちろんマナーは守られ、ヴィムの唇は直接触れていない。

しかし、不意打ちのせいか思わずドキリとしてしまった。

「次は明後日の昼過ぎに訪ねようかな」

不敵な笑みを浮かべたヴィムは、そう告げてから姿を消した。

シャルロッテは手の甲を撫で、ため息をつく。

(前回までの人生を通じて四か月ぶりの社交だったからか、些細なことで心が乱れてしまったわ。冷静を保つ感覚を取り戻していかないと)

そう決意するものの、手の甲からはなかなか熱が引いていかなかった。

◇◇◇

それから一か月、ヴィムはほぼ毎日のようにエーデルシュタイン家を訪れている。一切の社交を断っているシャルロッテに、外出の予定はないことを知っての行動だろう。

今は一回目の茶会のような格式の高いものではなく、普段するような気軽なお茶の時間を共にしている。

ちなみにだいたい昼下がりの午後に、ヴィムは突然エントランスに転移してくる。はじめの数回は驚いた使用人の悲鳴が響いたが、今では驚く者はいない。当たり前の光景になるほどに、ヴィムは屋敷に馴染(なじ)んできている。

だからといって、彼は長々と居座るようなことはしない。紅茶をゆっくり一杯、ときどき二杯飲んだらサッと帰っていくのだ。頻度が高い分、滞在時間を短くし、シャルロッテの負担にならないよう配慮してくれているらしい。

（配慮してくれるのなら、言葉の配慮もお願いしたいものだわ）

シャルロッテは、愛しげな視線を送り続けるヴィムの顔をちらりと見てから、紅茶と一緒にため息を飲み込んだ。

可愛いや好きという言葉はもちろん、帰り際に「少しは俺のこと好きになってくれた？」と、彼は毎回甘えるように聞いてくる。その度にシャルロッテは「恩人としてなら」と躱しているのだが、それも続くと、なかなか面倒に感じてしまう。

（面倒に思わせ、私をまたやさぐれさせて、〝好き〟という言葉を引き出そうとしているのかしら。そうしたら求婚を受け入れたと、言質を取られたも同然。油断できないわね）

警戒レベルを上方修正し、ヴィムの情報についておさらいをする。

相手は大陸一の魔術師で、年齢は二十四。ヴィムは幼い頃から魔法の才能を発揮していたため、平民が通う一般学校には入学せず、魔術師である両親のもとで勉強していたらしい。

いわゆる、魔法に特化した英才教育を受けていた。

だから彼は他の教養に疎いと軽く自嘲していたのだが、その割に所作が綺麗なことにシャルロッテは違和感を覚えた。

軽視しているわけではないが、マナーを習っていない平民の多くは食べ方に落ち着きがない。

お忍びで寄った市井（しせい）のカフェや、領地視察で領民の生活を覗いたときにそう感じていた。

しかしヴィムの所作は平民よりずっと綺麗で、下位貴族と変わらぬレベルを有している。

「そんなに見て、俺に変なところでも？」

さらりと銀髪を揺らし、ヴィムがシャルロッテの顔を覗き込んだ。

「申し訳ございません。お茶会の席に慣れているご様子ですから、魔法以外にマナーも学ばれたのかと思いまして、気になってしまったのです」

「それなら友人のお陰かもしれない。大商家の跡取り息子らしくて、彼からマナーを少し教えてもらったことがあるんだ。厳しくて、失敗したらものすごく痛いデコピンをしてくるやつでさ。でもこうやって茶会の席で、シャルロッテに格好悪い姿を見せずに済んだことを考えたら、習っておいて良かった」

友人の姿を思い出しているのか、ヴィムの表情が一層和らいだ。「あいつ元気しているかな？」と呟いていることから、その人とは非常に親しい間柄なのだろう。

魔王と呼ばれる天才魔術師に容赦ないデコピンをして、無事でいられる友人がどんな人物か気になるところだ。そう思って「ご友人は、どのようなお方なのですか？」と聞いたのだが、ヴィムはわずかに口を尖らせた。

「ヴィム様？」

「友人のことより、もっと俺に関心を持ってほしいな」

自身の容姿の良さを自覚し、計算してのことだろう。ヴィムは頬杖を突き、強請るようなやや上目遣いの視線をシャルロッテに向けた。言葉だけでなく、顔も武器にして彼女の心を落としにかかってくる。

事実、シャルロッテの胸がきゅっと少し締まった。

「これでも持っているつもりでしてよ」

本当に油断ならない。誤魔化すように、ちょうど使用人が出してくれたスイーツを口に運ぶことにする。

今日のスイーツはヴィムが手土産として持ってきてくれた物。ミルクと砂糖、卵などを混ぜ合わせて凍らせた氷菓だ。

スプーンで掬って口に含めば、甘みと冷たさを感じたあと、舌の上でゆっくりと溶けた。甘くて濃厚なミルクの味が口に広がり、ケーキのようなバニラの芳醇な香りが鼻腔を抜ける。味と香りのインパクトは強いものの、後味はくどくない。

ずっとすまし顔のシャルロッテの表情も、氷菓のように溶けた。

「可愛すぎない？」

ハッとした彼女の目の前では、ヴィムが口元を手で押さえていた。感動しきった様子で、青い瞳をキラキラと輝かせている。

「俺に、少しは気を許してくれるようになった？」

「このミルクの氷菓を口にしたのは数年ぶりで、懐かしくなってしまったのですわ」

シャルロッテは表情を元に戻して、言い訳を続ける。

アメルハウザー王国に四季はあるものの、一年を通して温暖な気候だ。雪は北の地方の山間部にしか降らない。氷はとても貴重なもので、貴族であっても口にできる機会は少なかった。氷菓など、さらに無縁。

そんな中で数年前、仕事で国外にいたシャルロッテの六つ上の兄ダニエルが、お土産としてミルク味の氷菓を持って帰ってきたのだ。

氷菓はすぐに溶けてしまうため、本来であれば現地でしか食べられないもの。しかしダニエルが持ってきた氷菓は、二週間以上の移動にも関わらず凍ったままだった。理由を聞けば、知人の魔術師が力を貸してくれたようだった。

「初めてミルク味の氷菓を口にしたときの感動は、今も覚えていますわ。しかも全く同じ味なんですもの。また食べられたことが、とても嬉しくて」

そうしてシャルロッテは氷菓を再び口にした。

先ほどより口どけが柔らかくなった氷菓は、甘みが増したような味わいになっている。甘い物が好きな彼女の顔は、何度引き締めようと思っても再び緩んでしまう。夢中になって食べきってしまった。

一方でヴィムのスプーンは止まってしまっていた。半分ほど溶けてしまった氷菓を見つめながら、眉間に皺を寄せている。

「……シャルロッテの兄の名前って、ダニエルだったよね？」

「ええ、ダニエル・エーデルシュタイン。今年二十四になりますわ」

「俺と同い年、ね……」

ヴィムはそう言って氷菓を食べ始めるが、彼の顔は甘い物を食べているとは思えないほど渋い。そして氷菓を食べきると、何か考えている様子で帰ってしまった。

その日の夜、話題に出したからなのか、貿易交渉で国外を回っていた兄ダニエルが屋敷に突然帰ってきた。国外からの手紙は届くまでに時間がかかる。どうやら今回は、帰国の知らせよりも早く本人が着いてしまったらしい。

「シャルロッテ！　二か月ぶりだな。会いたかった！」

短く整えられた黒髪に、怜悧な印象を与えるアンバーの瞳をした長身の兄が、出迎えたシャルロッテを抱き締めた。

氷菓のときに感じたのと同じように、力強い兄の抱擁が懐かしくなり、シャルロッテの目頭が熱を持つ。

ダニエルは卒業パーティーの約一か月前に、仕事のため屋敷を出発していた。過去四回の人生ではそれっきり会えておらず、今日は彼女にとっては半年ぶりの再会に等しい。

会えたことが嬉しくなり、兄を抱き締め返そうするが、ふわりとシャルロッテの足元が浮いた。

抱き締めるだけでは足りないのか、ダニエルは妹を持ち上げてクルクルと回り始める。

「お兄様、もう子どもではなくってよ」

「でもシャルロッテが、私の可愛い妹という事実は変わらない。生き返るようだ」

兄ダニエルは、自他ともに認める重度のシスコンである。年が離れているせいか、念願の妹だったからか、シャルロッテが物心ついた頃からこんな調子だ。

自分で妹の世話をしようとして、「家庭教師と使用人の仕事を奪うな」と父と母に叱られる姿は、いまだにシャルロッテの記憶にしっかりと残っている。ダニエルの暴走を止めるのは、なかなか難しい。

しかしあまり振り回されては、シャルロッテの目も回って気分が悪くなりそうだ。

「いい加減にしてくださらないと、一緒に夕食が摂れなくなりましてよ」

「それは困る」

正気に戻ったダニエルが、そっとシャルロッテを下ろした。

「元気にしていたか？　卒業パーティーはどうだった？　華やかで素晴らしかっただろう？」

ずっと国外にいたダニエルの耳には、まだ卒業パーティーの件は届いていなかったらしい。街に寄ることなく、真っすぐ屋敷に帰ってきたに違いない。

妹を溺愛する兄に断罪の件をどう伝えれば良いのか、シャルロッテは言葉に迷う。自分が取った行動を説明することは気が重く、ダニエルの怒りが爆発しそうで怖い。

（アロイス殿下を今から斬りにいくと、剣を持ち出しそうだわ。お兄様を止められる騎士を扉の前で控えさせ、お父様の口から話していただいた方がいいわね。それより今は、お兄様に会えた喜びに浸りたい）

シャルロッテは柔らかい笑みをダニエルに向けた。

「今ここで卒業パーティーのことは話し切れませんわ。夕食後にお伝えしますから、今はお兄様の話をお聞かせください。お父様とお母様が先に食堂で待っているわ」

「シャルロッテがそう言うのなら、そうしよう」

目尻を下げたダニエルの手を引き、シャルロッテは食堂へと誘(いざな)った。

こうして始まった久々の家族団らんの夕食は、とても楽しい時間になった。

特に国外にいるダニエルの婚約者の様子について話に花が咲いた。シャルロッテが顔を合わせたのは六年も前だが、金髪碧眼(へきがん)の可愛らしい容姿をしていて、兄のシスコンも受け入れる度量を持つ素晴らしい伯爵令嬢だと記憶している。

その伯爵令嬢レティシアが二十(はたち)を迎える来年の秋に、いよいよエーデルシュタイン家に嫁いでくることが決まったようだ。

ダニエルは、婚約者への愛も深い。彼女が嫁いできたら、毎日デレデレしそうだ。

家族の幸せを想像しただけで、シャルロッテは幸せな気持ちになる。しかし、それも一旦終わりのようだ。

「再来年は、アロイス殿下とシャルロッテが式をあげることが決まっているからな。兄の私が先に結婚していた方が体裁もいいだろう。それを考慮して、時期も被らないような日取りを一応定めたが、父上としては問題ないだろうか？」

「我が家はいつでもレティシア嬢を歓迎する。しかし、シャルロッテについてなのだが……」

父は明るかった表情を消した。そして父の口から、ダニエルに卒業パーティーの事件が知らされたのだが――

「シャルロッテに濡れ衣だと？　こんな天使のような妹が悪事に手を染めるはずがないのに、クソ王子が。最初から気に入らなかったが、本当に最低だな。王位継承権もなくなり、今後も国政に関わることもない。何かあっても影響は少ないだろう……シャルロッテ、密かに消そうか？」

ダニエルは真顔で、物騒なことを提案してきた。

案の定、事件を知った彼の怒りは凄まじい。シャルロッテがお願いしたら、実行に移してしまいそうな気迫がある。

父の話を聞いている間もダニエルは、「可哀想に」「よく頑張ったな」「偉い」とたくさん慰めてくれた。兄の愛情の深さを改めて知れただけで、シャルロッテは満足している。

「アロイス殿下は、すでに王宮の地下牢の中でございます。もう害が及ぶことはありません。安寧が保証されただけで、私は十分でしてよ。怒ってくださり、ありがとうございます」

「……お前が納得しているなら、私が口を出せることじゃないな」

「良かったわ。お兄様が無茶をして、怪我なんてしてたら悲しいですもの」

「――っ、本当にシャルロッテはいい子だな。濡れ衣を着せようとしたアロイスは腹立たしいが、あんな奴と結婚せずに済んだことは喜ぼう。シャルロッテが望むのなら、どこにも嫁がなくていい。私が一生不自由のないように養ってみせる」

結婚の縁が期待できなくなったとしても、令嬢は生家に留まることは少ない。結婚しない令嬢は家庭教師や侍女、修道女として身を立てて、自立を目指すのが一般的だ。

ただ、嫁ぎ先が見つからないなんて、高位の貴族になるほど例は少ない。訳あり令嬢として、シャルロッテは少なからず白い目で見られる人生になることが予想される。

ダニエルはそうなることを危惧して、養うと言ってくれたに違いない。

しかしシャルロッテとしては、命を脅かされることなく生きていられるのなら、働く人生も悪くないと思っている。それに兄の時間を取ってしまっては、婚約者のレティシアに申し訳ない。

「お気持ちだけ受け取りますわ。ありがとうございます」

「遠慮はいらない。何もしないのが嫌なら、レティシアの話し相手や相談役として仕事を与えられるし、私たちの間に生まれてくる子どもの家庭教師になるのもありだ。新たな縁談の打診もしばらく来ないだろうし、ゆっくり考えてみればいい」

ダニエルは、シャルロッテを屋敷に留める気満々で提案してくる。魅力的な提案だが、彼の勘違いをひとつ訂正しなければならない。

「実は、縁談はすでにひとつきておりますの」

「……は？」

言葉が受け止めきれないのか、ダニエルは呆けたような表情で頭を傾けた。

「えっと、魔術師ヴィム・ギースベルト様より、求婚の言葉をいただいておりますの。返答は保留中なのですが、今は互いを知るために恋人という関係にありますわ」

「………は？」

さらにダニエルの頭が傾く。首が折れないかと心配になる角度だ。そのままギロリと鋭い視線をエーデルシュタイン家の当主へと向けた長男は、「父上、ご説明いただけますか？」と問い詰めた。

◇◇◇

翌日の昼下がり、庭園に用意されたテーブルに案内されたヴィムは、先に待っていたシャルロッテの隣に座る青年を見て顔を引き攣らせた。

「ダニエル……やっぱり、シャルロッテ嬢の兄は君だったのか」

「その通り。そういうことでヴィム、私はこの機会に友人関係を見直さなければならないようだ。もちろん解消の方向で」

ダニエルは表情から感情を消し、凍てつくような視線を送る。

しかしヴィムは物ともせず、晴れやかな笑みを浮かべた。

「じゃあ、これからは友人ではなく義兄弟ってことかな？」

「ふざけたことを言うな」

ダニエルが剣の柄に手をかけた。

「怒った？」

「誰のせいだと思っている。シャルロッテが精神的に疲れているタイミングで求婚する馬鹿を、どう見過ごせというのだ。なぜ待てない」

「だってシャルロッテ嬢だよ？　こんな魅力的な令嬢を放っておけるはずないじゃないか！　他の男が近づく前に手に入れようと動くのは当然だと思うけれど。ねぇ、ダニエル。シャルロッテ嬢が他の令息と婚約するより、俺の方が良くない？　魔法は得意で彼女を守れるし、贅沢を提供できる資産もあるよ！　容姿は以前、君も褒めてくれたじゃないか」

「確かに他よりはマシかもしれないが、とにかく気に入らない」

「理不尽が過ぎる！」

ヴィムはわざとらしい泣き真似をし、ダニエルは剣の柄から手を離すことなく睨みつけた。

互いに名前を呼び捨てにし、遠慮しない態度を当然のように受け入れている姿は、誰がどう見ても親しい間柄だ。

（本当にお兄様とヴィム様はご友人だったのですね。外では次期公爵として堂々と振舞っているお兄様が、ここまで感情を露わにするなんて珍しい。そしてヴィム様は酷い言われようなのに、怒る気配もなく許しているわ）

聞いていた話以上に仲良さげなふたりの姿を、シャルロッテは感心しながら眺める。

兄曰く、ダニエルとヴィムは八年前に出会ってから、ずっと交流を持っていたらしい。

学生だったダニエルが留学先に向かう途中の街道で、魔法の制御に失敗して負傷したヴィムを拾ったのが出会いのきっかけ。

魔術師は希少な存在であるため不当に捕らわれたり、弱みを握られたりして、利用されてしまう場合もある。

正義感の強いダニエルは、そういう曲がったことが嫌いだった。まだ少年にしか見えないヴィムの身を案じ、街の騎士に預けることなく、留学先のタウンハウスで密かに保護することを決めたらしい。

そしてダニエルは、自分がエーデルシュタイン公爵家の人間だと明かすこともしなかった。公爵家という大きな家門に属する人間が、他国の才能ある魔術師に干渉したと知られると、面倒に巻き込まれるのは目に見えていた。

アメルハウザー王国からは、「貸しを使って王国に引き込め」と命令が下るだろうし、ヴィムの母国からは、「我が国の魔術師を奪う気か」と余計な警戒心を持たれるのは想像に容易い。どちらにしても、エーデルシュタイン家にいいことはない。

ダニエルは偽の家名を用意して、『留学している、単なるお金持ちのお坊ちゃま』として通すことにした。いざというときに責任が追及されないよう、父の耳にも入れていなかったようだ。

こうして保護をきっかけに、ダニエルとヴィムは言葉を交わすようになったのだが、年齢も同じで、不思議と話も合う。ふたりは打ち解け、次第に親しい友人関係を築いていった。

ヴィムもダニエルが身分を偽っているのを察しつつも、友人の意思を汲んで詮索することはせず、資産家のお坊ちゃまとして付き合ってくれていたのだという。

先日シャルロッテが懐かしんだミルク味の氷菓も、ヴィムのお陰でダニエルが持ち帰れたことを知った。

「美味しいから、君の大好きな妹と食べるといいよ。悪用されないためにも、使い終わったら箱は壊してね」と、難しい魔法を重ね掛けしてダニエルに持たせてくれたと聞いた。

そのお礼として、ダニエルはヴィムにマナーの知識を提供したらしい。

いずれ偉大な魔術師になれば、自然と国や貴族が取り込もうと近づいてくる。上流階級のマナーを持ち出され、無礼を働いたと足元をすくわれて利用されないよう、最低限ではあるが教え込んだようだ。

そうヴィムについて語るダニエルの表情は、旧友を慈しむ穏やかさがあった……はずだった。

「昔からダニエルを通じて縁があったなんて、シャルロッテ嬢と俺、運命の糸で繋がっていたんじゃない？」

「戯言(ざれごと)を。ならばその糸、ここで私が切ろう」

ダニエルは目を吊(つ)り上げ、ついに剣を抜いてしまっていた。

一方で『落ち着いて』と呼びかけながらも、ヴィムの表情には余裕がある。怪我をしないという絶対的自信があるのだろう。

兄が心配だ。シャルロッテはダニエルに呼びかける。

「今回私が助かったのは、ヴィム様がご健在だからこそ。数年前にお兄様が、ヴィム様をお助けしたからですわ。お兄様にも感謝しております。どうか私に、おふたりをもてなす機会をくださらない？」

「……ヴィム、一時休戦だ。行こうか、シャルロッテ」

ダニエルはコロッと笑顔に転じ、剣を収めた。肘を出し、エスコートの体勢を取る。

シャルロッテが兄の肘に手を添えれば、彼の機嫌はすっかり上向きだ。

今日の茶会の場所は白い花が多く集められた庭『ホワイトガーデン』を選んだ。ちょうど花の見頃を迎えている場所の近くで天幕を張り、その下にソファとテーブルを持ち込んでいる。

これまでのヴィムとの茶会は応接間、屋敷のテラス、緑の庭園の三か所をローテーションしていた。花が咲き誇る空間は初めてのこと。

　ヴィムは新鮮に感じてくれたようで、「ここも綺麗だな」と感心しながら呟いている。そしてダニエルは「自慢の庭師の力作だからな」と誇らしげに返していた。

（良かったわ。もう喧嘩はしなさそう）

　そう胸を撫で下ろしながら始まった三人の茶会は、和やかなものだった。と言っても、シャルロッテは少しばかり居づらい。

「シャルロッテ嬢は、素晴らしい令嬢だよね。容姿はもちろんだけど、所作を見ても美しい。指先まで気を使っていてさ、簡単に真似できないレベルだよ」

　ヴィムがシャルロッテの真似をして、ティーカップの取っ手を指先で摘む。しかし安定せず、紅茶の表面が波立った。すぐにティーカップをソーサーの上に置いて、「落としそうだ」と苦笑する。

　それを見ながら、ダニエルは満足気に胸を張った。

「エーデルシュタイン家の至宝だから当然だろう？　昔からシャルロッテは厳しいレッスンをこなしてきたんだ。アメルハウザー王国一の淑女だと断言できる」

「酔ったダニエルの、妹自慢が止まらない理由がわかったよ。そんな素晴らしい女性は、この世に存在するはずがないと疑っていたのに、現実にいたとはね」

「私の話は嘘ではないと、ヴィムもようやく信じたか」

ふたりが仲直りしたのはいいが、自分を褒め殺しにしようとするのは止めてほしい。

先ほどから、話題はシャルロッテへの称賛ばかり。恥ずかしくなって謙遜しようものなら、その謙遜する性格まで素晴らしいと追い打ちをかけてくる。

友人同士、久々に再会したのなら、思い出話や近況報告で盛り上がればいいのにと思う。

社交界でも称賛の言葉はもらったが、多くが世辞や媚が含まれたもの。本心からの場合でも、シャルロッテの目の前ではほどほどに切り上げてくれた。

一方で、ヴィムとダニエルの褒め言葉は本気そのもので、長い。

幼い頃からシスコンを爆発させている身内の兄と違い、特にヴィムは出会ったばかりの他人で異性。ダニエルの言葉のように「相変わらず身内贔屓が酷いわね」と受け流すことができず、全身がむずむずして仕方ない。

いつになったら自分の話題を止めてくれるのか、シャルロッテは顔に熱が集まらないよう耐え続けている状態にあった。

「自分で言うのもなんだけど、俺ってどう相手にすれば良いのか、難しい人間だろう？　でもシャルロッテ嬢は戸惑っても邪険にはしないし、律儀にお茶の時間を作ってくれるし、その茶会も居心地が良いように天気や時間を考えて場所を用意してくれている。いつも高貴な令嬢らしく澄まして塩対応な割に、隠しきれていない優しいところが――とても好きなんだよね」

ヴィムがダニエルにそう言い切ったと同時に、カチャンと、シャルロッテの手元から音が立つ。

ティーカップをソーサーに戻す力加減を間違えてしまった。完璧な淑女教育を受けてきた、彼女らしくない失敗。

「失礼しました」

シャルロッテは、謝る振りをして顔を軽く俯(うつむ)かせた。

いつもの調子のいい軽口のような「好き」ではなく、本心を吐露してしまったような言い方は妙に心に響いてしまった。

さて、異性からの真っすぐな好意を耳にしてしまった場合、どう気持ちをコントロールすればいいのか。

意識しないよう気を付けていたのに、熱が勝手に顔に集まってしまう。

アロイスと婚約したばかりの頃、「互いに好きになれたらいいね」と確認し合ったことがあった。

ただ八歳という幼い無邪気さがあったからこその戯れで、成長するにつれ確認は減っていった。

結局好きになることもなく、愛の言葉を一度も貰(もら)うことなく関係は終わっている。

つまるところ、家族以外の異性から真面目に「好き」と言われたのは生まれて初めてで、シャルロッテには免疫がなかった。

（軽く言われたら、軽く流せるというのに……しかもお兄様に向けて話していたから、割り込んで諌めるのも変だし……こういう言い方は、ずるいですわ）

シャルロッテ本人の意思とは関係なく、勝手に胸が疼(うず)く。

茶会に無言の時間が訪れた。

ヴィムとダニエルの視線が自身に向けられているのを、シャルロッテはひしひしと感じる。

「シャルロッテ嬢っ」

「シャルロッテ……」

青年らの声が重なった。ひとりは喜々とした感情を帯びた声で、一方はほんのりと絶望を帯びた声。

そっと顔を上げれば想像通りの、対照的な顔があった。

ヴィムその整った顔を綻ばせ、青い瞳を輝かせている。彼は自身の言葉で、シャルロッテが照れてしまっていることを見抜いている様子だ。小さな変化を見逃すまいと、熱い視線を向けたまま体を前へと傾ける。

そんなヴィムの純粋な関心に、シャルロッテの胸はさらに強く疼く。

これはいけない。

「コホンッ」

助け舟のように、ダニエルが強めの咳払いを響かせた。ヴィムの視線がシャルロッテから外れる。

「ダニエル、わざとだね」

「なんのことかな？　ちなみに、今後の茶会は私も同席するから」

「……げ！　そろそろ妹離れしなよ」

「貴様がシャルロッテから離れたら、私も離れるさ」

「だから君はどうして、そうなんだ。前だってさ――」

再びダニエルとヴィムの口喧嘩が始まった。テーブルが賑（にぎ）やかになる。

話はふたりの昔話にまで発展し、それがなかなか面白い。シャルロッテも知らなかった兄の一面や、猫舌だというヴィムの意外な弱点など、友人だからこそ知っている話が次々と出てくる。

ふと気づけば、シャルロッテの胸の疼きもすっかり消えていた。

簡単に消える程度のもので良かったと、彼らの会話に耳を傾けながら、シャルロッテは静かに安堵のため息をついた。

第四章『認めたくない変化』

天才魔術師ヴィムと、エーデルシュタイン家の長男ダニエルは実に仲が良い。

ヴィムはダニエルの睨みや敵意を飄々と受け流しながら、変わらずエーデルシュタイン家を訪れている。あいさつ代わりに「今日もシャルロッテは美しいね」と軽い調子だ。

ダニエルも、一国を傾けた『魔王』と呼ばれるヴィムに対して、扱いは雑なまま。「貧乏人にシャルロッテはやらん。魔術師の仕事に行け」などと言って、追い返そうとする。

そうやって互いにあーだこーだと文句の言い合いから茶会がはじまるのだが、気付けば懐かしい話で笑い合っていることがほとんど。

ふたりにつられて、シャルロッテから笑みが零れることも増えてきた。友人同士の楽しそうな会話を聞き、ようやく自身の友人が恋しいと思うようになってきている。

恩人のヴィムにお礼をし、恋人関係という約束を守るための少し気を張っていた当初の茶会は、いつのまにか彼女にとって憩いの時間に変わろうとしていた。

ただ、今日の茶会にダニエルは参加できないらしい。

「取引していた商品のトラブルさえなければ……っ」

エーデルシュタイン公爵家の後継者として、ダニエルは父から重要な取引や問題の対処を積極的に任されている。重度のシスコンではあるものの、優先順位は見失っていないようだ。

ダニエルは愛しい妹をぎゅっと抱き締めながら、エントランスに来たばかりのヴィムを睨みつけた。

「私が不在だからといって、シャルロッテに変なことをしたら許さないからな」

「嫌がることはしないよ。それより君こそ早く現場に向かった方がいいんじゃない？　魔法で飛ばしてあげるよ」

「胡散臭(うさんくさ)い笑みだな。まぁ、飛ばしてくれるのは助かる。頼んだ」

「はいはい、じゃあね」

ヴィムは手を横に払い、妹から体を離したダニエルを光のカーテンで包み込んで転移させた。

屋敷に併設の温室で茶会を始めるなり、ヴィムは甘い視線をシャルロッテに向けた。

「やっと、ふたりになれたね。嬉しいな」

「またお戯れを」

決まりの台詞(せりふ)を言いながら、シャルロッテはケーキを口にする。

今日の手土産に、ヴィムは桃のタルトを持ってきてくれていた。

桃も他国の特産品なのだが、いかんせん傷むのが早い。アメルハウザー国内に届くころには、味も鮮度も落ちている場合がほとんど。

しかし大陸のどこでも転移できるヴィムが持ってきた桃のタルトは、買ったばかりの新鮮なもの。

口に入れた桃はネットリと甘みが強いのに瑞々しく、けれどタルトの土台はサクッと軽い食感を保っていた。

「それも気に入ったようで良かった。本当に甘い物が好きなんだね」

シャルロッテとしては、そこまで顔に出したつもりはなかったが、ヴィムにはわかってしまうらしい。

「こんなに甘い桃は初めてですわ。タルトも、腕の良い職人の方が作っているのがわかります。ヴィム様は、美味しいものをたくさんご存じなのですね」

「仕事で大陸中を回っているからね。その国に滞在している間に、お店巡りをしているんだ。その桃のタルトは、オーナーが農園で自ら育てている桃を使った、パティスリーの季節限定の人気商品。今が旬だから、シャルロッテにはぜひ食べてもらいたくて買ったけれど、正解だったね」

そう言って、ヴィムもタルトに舌鼓を打つ。彼自身も好きなようで、顔を緩ませている。

「ヴィム様は、よくこちらのタルトは召し上がるのですか？」

「久々かな。限定品だから取り置きもしてくれないし、売り切れることも多いから、いつもは違うケーキを選んでいる」

シャルロッテは頭を傾け、ヘーゼルの目を瞬かせた。

「では、どうやって桃のタルトを手に入れたのですか？」

「どう、って普通に店のオープンから並んで買ったよ。ローブを脱いで、魔術師の印を隠していれば案外バレないものさ」

魔王として大陸を震撼させたヴィムが、一般人に混ざって順番を待っている光景は想像できない。彼ほどの魔術師であれば現地で人を雇い、代わりに並ばせることも容易なはず。

しかも彼の口振りからは、今回だけではなくいつものことのようだ。

ヴィムは毎回、何かしらの手土産をもって来る。基本的にスイーツ類だが、美しい工芸品や希少な花などを贈ってくれるときもあったが……。

彼女はタルトを食べていた手を止めた。

「これまでの贈り物も、すべてヴィム様が直接お買いになったのですか？」

「うん！　愛しいシャルロッテへの贈り物を他人に任せられないからね。一度たりとも、選ぶ権利は譲りたくないよ」

転移の魔法のお陰で移動は楽とはいえ、お店の前で並ぶのも、贈り物を選ぶのもそれなりに時間がかかる。

しかしヴィムは負担に思うどころか、頑なになるほど大切にしている様子だ。

流行や高価なものに囚われていない贈り物は、彼自らシャルロッテのことを考えて選んでいることが伝わってくる。

この費やしてくれた時間を、どう邪険にできようか。

「シャルロッテ嬢に食べてもらいたい物も、見せたい物もまだたくさんあるんだ。次回も楽しみにしていて」

「――はい。ありがとうございます」

胸の疼きに危機感を抱きつつも、このときばかりはシャルロッテも素直に頷いた。

自分のために何かをしてくれることが、とても嬉しい。

アロイスのときにはなかった感動だ。元婚約者が贈ってくれた物は流行の先頭をいき、それでいて一級品ばかり。多くの令嬢が羨ましがる品々が揃っていた。

だがその中に、アロイス自身が選んだものがどれだけあっただろうか。

いつだか、エメラルドのブローチの礼を伝えた際、「それが選ばれたか」と彼は呟いた。無意識だったのか、シャルロッテに気付かせるための故意だったのか、今となってはわからない。

ただ、アロイスの関心は自分になく、贈り物は他人任せだったのか――と、静かに落胆したことだけは覚えている。

そんな苦い思い出もあってか、甘い桃のタルトは値段以上の価値があるように思える。

「ちなみにヴィム様が、大陸で一番美味しいと思ったスイーツは何でしょうか？」

「難しい質問だね。マリオン王国のオペラか、イルソア帝国のチーズケーキか、それとも――」

大陸のあらゆる場所に行ったことがあるヴィムの話は興味深いものが多く、シャルロッテの知識欲をくすぐってきた。

菓子の魅力だけではなく、その菓子が生まれた歴史や国の文化も織り交ぜてくれるのもいい。

しかもヴィムの説明は、時折魔法の幻影付き。これがまた本物さながらで、見入ってしまう。

ヴィムが飾らない自然体で接するのもあり、シャルロッテの肩からも力が抜けていく。茶会とは社交であり、駆け引きの場だったことが多かった彼女にとって、不思議な感覚だ。

「今日はここまでかな」

「え？」

目の前から突然、宝石のようなケーキが消えた。ヴィムが幻影の魔法を切ったのだ。

ただシャルロッテが驚いたのは、幻影が消えたからではない。時間が経つのがあまりにも早かったからだ。

「もうお帰りの時間なのですね」

ため息混じりに呟いてから、今日の茶会が楽しかったことを知る。しかもこの言い方では、まるで彼を引き留めているようではないか。

しまった――と後悔したときにはすでに遅し。自身の口元を覆おうとしたシャルロッテの片手は、素早く駆け寄ったヴィムによって握られていた。

「帰るの、やめようか？」

そう言いながら見下ろすヴィムの表情に、いつもの軽さはない。青い瞳は真剣みを帯び、声色も落ち着きの中に熱が込められている。様子を窺うように頭が傾けられたことで、眩い銀髪がさらりと揺れた。

ドキリと、シャルロッテの心臓が強く反応する。

「い、いえ、今のは……その」

「離れるのが寂しいと、思ってくれるようになったのなら嬉しいな。俺もね、いつも帰るとき離れがたくて仕方ないんだ。本当はもっと一緒に過ごし、あなたの声を鼓膜に覚えさせ、姿を目に焼き付けたいと願っている」

さっと茶会を切り上げるヴィムが、こんなにも逢瀬を名残惜しく思っているとは想像していなかった。内心驚きつつも、誤魔化しの言葉を選ぶ。

「私としては、茶会はこれくらいの長さでちょうど良いですわ。今のも、魔法で見せてもらった幻影が素敵だったからで……誤解なさらないでいただけると」

「俺じゃなくて、魔法の方に興味を持っただけか。でも魔法も俺の一部。少し進展かな。ねぇ、恋人関係になってもうすぐ一か月。そろそろシャルロッテ――と、敬称なしで呼んでもいいかな?」

突き放されても、ヴィムはブレることなく前向きだ。拒否できない絶妙な駆け引きを持ち出しながら、ぐいぐいとこちら側に踏み込んでくる。

シャルロッテも完全にヴィムのペースだとわかっているが、変に抵抗すれば長引き、さらに翻弄される時間が延びる予感がしてならない。

(諦めが肝心よ。要求を受け入れれば、とりあえず満足して帰ってくれるはず。なるように、なるわ！）

半ば開き直ったシャルロッテは、期待は持たせないようにツンと顔を澄まして言い放つ。

「ヴィム様のお好きなようにどうぞ」

「やった！　ありがとう、シャルロッテ！　俺のことも呼び捨てでいいからね」

目を輝かせ、蕩けるようなヴィムの笑みに当てられ頷きそうになるが、シャルロッテはぐっと耐える。

「貴族令嬢として、家族以外の殿方を呼び捨てにはできませんの。これまで通り、ヴィム様と呼ばせていただきますわ」

「残念。でも、家族になったら呼んでくれるってことか。好きになってもらえるよう、もっと頑張らないと。どうしたら、シャルロッテは俺に心を開いてくれるのかな？」

ヴィムは握っていたシャルロッテの手を誘導し、縋るように自身の頬に寄せた。「お願い、教えて？」と甘えるような視線も同時に向けられる。

シャルロッテは息を呑んで、瞬きを数回繰り返した。

何度目にしても見惚れるような美しい異性の顔に、自分の手が触れている光景は、先ほどのケーキの魔法よりも幻のように映る。

信じられなくて、親指で彼の頬を撫でた。男性とは思えない滑らかな肌は、触り心地が大変よろしい。

やっぱり、幻影でしょう？　と確かめるように何度か親指で撫でる。それにしては、手のひらが温かい。

すると、ヴィムが軽く頬を染めて、くすぐったそうに小さく笑みを零した。

（私ったら、なんてことを――っ）

正気を取り戻したシャルロッテは、自分の手を凝視した。

誘導されたとはいえ、婚約者同士でも特段親しい関係でなければしない大胆なことをしている。そのことにようやく気が付いた彼女は、慌ててヴィムの手を振りほどこうとした。

しかし手首は解放されない。痛くない程度に、ヴィムに強く握られたまま。

「もっと、触ってもいいのに」

整った顔に、熱っぽい眼差し、良質な声で囁かれた台詞は、美しい悪魔の誘惑のようだ。危険な香りがする。

手も顔も熱くなり、いっぱいいっぱいになったシャルロッテの喉から悲鳴が飛び出そうになったそのとき――

「ヴィム・ギースベルト……今すぐシャルロッテから離れるんだ」

地を這うような、兄ダニエルの低い声が温室に響いた。テーブルへと早歩きで向かってくる彼の目は吊り上がり、片手は剣の柄に添えられていた。明らかにお怒りの様子。

「ダニエル!?　随分と早いお帰りだね」

ヴィムはパッとシャルロッテの手を解放し、彼女から一歩離れた。

「シャルロッテが心配で、さっさと問題を片付けて急ぎ帰ってきたのだが……正解だったようだ」

「いや、正解じゃない。親友が必死になって得たチャンスを台なしにしたからね⁉」

「それは良かった」

「酷い！　親友の恋くらい応援してよ」

ヴィムは、拗ねたようにダニエルに向かって口を尖らせた。

だが、それは一瞬だけで、すぐに笑みを浮かべてシャルロッテに視線を移した。

「今日も楽しかったよ！　明日は仕事があるから次は明後日かな？　またね」

そう言って彼は、逃げるように温室から姿を消した。

相変わらず嵐のような人だ。隣でダニエルが「これだから自由人は」と呆れている。

シャルロッテは「そうですわね」と同意の言葉を返しつつ、温もりが残る手を握った。

（お兄様が来て良かった。あのままだったら、危うく惹きつけられてしまうところだったわ。やはりヴィム様は油断できない方ね。すぐに心を乱されてしまう）

ヴィムの性格が、今まで交流してきた貴族とは異なるタイプなのもあり、積み重ねた社交の経験が役に立たない。

茶会が終わるたびに「次回はこう返答してみよう」と対策を練るも、ヴィムは新たな手で口説いてくるから反省を活かす機会もない。今夜も彼のことで頭を悩ませそうだ。

そうため息をついて兄とともに温室をあとにしようとしたとき、すれ違った使用人の表情に目が留まった。

ヴィムとの茶会のセッティングを任せている二人組で、彼女らはヴィムが手土産でどんな菓子を持ってきても、ぴったりの食器と茶葉を臨機応変に用意してくれている。特に信用を置いている使用人でもあった。

シャルロッテは足を止め、使用人たちの方へ振り向く。

「今日もすべて召し上がったようですね。食欲が戻られて良かったわ」

「ええ、シャルロッテ様のお顔に笑みが戻られたことも、本当に喜ばしいことで」

使用人ふたりはシャルロッテが耳を傾けていることに気付いていないようで、空になった皿を見て顔を綻ばせている。そうして次の茶器のデザインや茶葉の銘柄をどうするか、楽しそうな様子で相談を始めた。

次回の茶会も、シャルロッテにとって素晴らしい時間になるように——と。

最近のシャルロッテは、使用人から見ても元気に見えるらしい。その理由には心当たりがある。

(ヴィム様が、いつも素敵なお土産を持ってきてくださるからだわ。今日の桃のタルトも美味しかったし、お話も面白かったもの。確かに、甘い言葉に戸惑いも多いけれど、振り返れば楽しい時間の方が長いかも。ヴィム様がこのように頻繁に来てくださっていなかったら、私はどう過ごしていたのかしら)

少し想像しただけで、部屋に引きこもり続けている自身の姿が頭に浮かぶ。

六番牢に入っていたときと同じように、アロイスを繋ぎ留められなかった不甲斐なさ、自分ひとりで断罪を切り抜けられなかった無力さ、家族に迷惑をかけた申し訳なさ……これらのことで、塞ぎ込んでいたに違いない。家族や使用人へさらに心配をかけていただろう。

今はというと、落ち込む暇もないくらい、ヴィムのことで忙しい。シャルロッテの公爵令嬢としてのプライドに刺激を与え、生活に張りを与えられている。彼女がそう自覚するくらい、ヴィムが与える影響は大きい。

「シャルロッテ？」

ダニエルが、足を止めていた妹に心配する眼差しを送る。

シャルロッテは「なんでもありませんわ」と返しつつ使用人から視線を外し、微笑みを浮かべた。少し先を行っていた兄のもとへと駆け寄り、隣に並ぶように歩き始める。

しかし廊下を進んだところで、遠慮がちに口を開いた。

「ねぇ、お兄様？　相談したいことがあるのですけれど」

「なんだい？　シャルロッテの相談ならなんでも乗ろう」

父でも母でもなく、自分が頼られたことがよほど嬉しいらしい。しっかりした兄を演じるように表情を引き締めているが、目の輝きは隠しきれていない。

ダニエルのそんな笑みが、これから渋い表情に変わること予期したシャルロッテは、内心で苦笑しながら相談事を口にした。

「ありがとうございます。実は――」

◇◇◇

前回の茶会から二日後の昼下がり、ヴィムは宣言通りエーデルシュタイン家を訪れた。彼はシャルロッテの姿を見るなり、大きく瞬きをした。

「あれ？　その格好は？」

そう聞かれたシャルロッテは、いつもと雰囲気が異なる装いをしていた。

背に流すことの多い黒髪は、後頭部の高いところで一つに束ね、リボンを結んでいる。ドレスもパニエでスカートを膨らませる豪華なものではなく、動きやすいシンプルなデイドレスが選ばれていた。

これは貴族の令嬢が、街へ出かけるときの定番のスタイルだ。

俺と茶会の約束があったはずなのに……と、ヴィムは寂しげに眉を下げた。

「ヴィム様と出かけたいところがあるのですが、本日はお時間ありまして？」

「俺と？　シャルロッテとお出かけなんて、デートじゃないか！　だから髪型も変えてくれたの？　いつもは綺麗な感じだけれど、今日は可愛い雰囲気で、それはそれで似合っていて――」

彼はあっという間に上機嫌になった。放っておいたら、延々と口説き文句を並べそうだ。

シャルロッテは「髪型は、侍女が服装に合わせてくれただけですわ」と制し、改めて時間を尋ねた。

「シャルロッテが望むなら、いくらでも時間を作るさ。さて、どこへ転移すればいい？　目を閉じて頭で強く想像してくれれば、どこへでも連れていけるよ」

ヴィムはシャルロッテの手を取り、忠犬のように指示を求めた。

馬車を必要としないのは織り込み済みだ。彼女は「では、ここに」と、言われたとおりに目を閉じ、場所を思い浮かべた。

ヴィムが「任せて」と返事をしてすぐ、空気の温度が変わる。

目を開ければ、シャルロッテが想像した通りの場所――エーデルシュタイン家御用達の、仕立屋に転移していた。寸分の狂いもなく店内に立っているのだから、相変わらずヴィムの魔法の凄さに驚かされる。

今日は貸し切りにしているため、ふたりの突然の登場に悲鳴を上げる者はいない。

「さすがですわ。ここで間違いありません。ありがとうございます」

「どういたしまして。仕立屋ってことは服を買うのかな？　荷物持ちをすればいい？」

「まさか、ヴィム様にそんなことはさせられませんわ」

「じゃあ、なんで？」

「ヴィム様に、ローブを贈らせてください。日頃の、お土産のお礼をしたいのです。受け取ってばかりというのも、悪いですから」

茶会のお陰で心を沈めずに済んでいることに気付いたシャルロッテは、このままではヴィムに恩を返しきれないことを悟った。

暗に「借りを作りたくないから」と思われるような、可愛げのない理由を述べてはいるが、これは彼に恋の成就を期待させないための方便。本心では、ヴィムに感謝している。

では、どうしてお礼にローブを選んだかというと、ダニエルの助言によるものだ。

「ヴィムのローブ、実は五年も前に私が贈ったものなんだ。もうすぐ二十歳になるから、もっと立派な物を着ろと買ってやったら……それ以降、律儀にも表舞台ではずっと着ている。魔法で新品状態を保っているようだが……大陸一の魔術師が、いつも同じローブを着ているのはどうかと思う」

呆れたようにため息をつきながらダニエルは、嬉しさ半分、心配半分といった様子で教えてくれた。

どうやらヴィムは、思った以上に情が深いらしい。ローブの使用年数から、それだけダニエルとの繋がりを大切にし、贈り物が嬉しかったことが察せられる。気に入った物を、とことん使い続ける人物のようだ。

「ヴィム様が、お兄様のローブを気に入っているのであれば、私は別の物を贈った方が良いのではありませんか？」

「いや、シャルロッテから新しいのを贈ってやってくれ。そうでもしない限り、ヴィムはあのローブを一生着続けそうだ。シャルロッテから贈られた物をやつが着るのは不愉快だが……非常に不本意だが、私の贈り物で友人の品位を下げるのも考えものだろう？　私を助けると思って、ローブを薦めておくよ」

最後に苦笑してみせたダニエルの顔は、間違いなくヴィムを気に掛ける親友の顔をしていた。ヴィムがシャルロッテに求婚したと知ってから強く当たっているが、なんだかんだ憎みきれない大切な友人なのだろう。

その友人は今、少年のような無邪気な笑みを浮かべている。

「シャルロッテからローブをもらえるなんて！　喜んで着るよ！」

「それは良かったですわ。店員を呼びますわね」

早速シャルロッテがカウンターに載っているベルを鳴らすと、オーナーを務めるマダムが従業員用の扉から姿を現した。事前にヴィムの来店を伝えていたため、マダムは落ち着いた態度で接客を始めてくれる。

案内されたお得意様用サロンのテーブルには、ローブの定番色である落ち着いた色味の生地が十種類ほど準備されていた。

「ローブをお作りになると聞きましたので、あらかじめおすすめの生地を用意させていただきました」

マダムが厳選してくれただけあって、どの生地も滑らかな質感をしている。試しに触れてみると張りもあり、皺もできにくそうだ。どれを選んでも、素晴らしいローブが出来上がるだろう。

そうシャルロッテが口元を緩ませる一方で、ヴィムは眉間に軽く皺を寄せて生地を睨んでいた。彼女が「好みの生地がありませんでしたか？」と心配になって声をかければ、彼は苦笑した。

「元から自分の服装にこだわりが薄いのもあるんだけど……正直、自分にどんな色やデザインが似合うかわからないんだ。だからと言って、魔術師の証のひとつであるローブを適当に選ぶわけにもいかない。シャルロッテは俺よりも美的センスがあるだろうし、アドバイスをくれないかな？」

プレゼントを贈る相手を困らせるのは本意ではない。それにヴィムに助けてもらってばかりの中、彼の力になれる機会を見送るはずがなかった。

「ヴィム様のお望みであれば、精一杯応えさせていただきますわ」

「助かるよ。そうそう、俺の望みに応えてくれるのなら、結婚の願いも叶えてくれると嬉しいのだけれど」

「それとこれとは、お話が別ですわ。さぁ、生地の色から選びましょうね」

少しでもチャンスがあれば、シャルロッテから肯定の返事を引き出そうとする。ヴィムの執念には感心してしまうが、真面目に取り合っていたら翻弄されるだけ。

シャルロッテは半ば強引に、話題を生地選びへと持ち込んだ。

ヴィムは「つれないなぁ」と拗ねているが、聞き流して生地を改めてよく観察する。赤系や緑系はなく、紺色と灰色の濃さが違うものがそれぞれ四種類と、質感の違う黒が二種類。

ヴィムの髪は眩い銀色で、瞳は透き通るような青色をしている。顔立ちも、どちらかと言えば涼しげな雰囲気を持っている。

暖色系を避けたマダムのカラーチョイスには、シャルロッテも賛成だ。

「少しよろしくて？」

試しに、紺色の布をヴィムの肩に当てさせてもらう。今より爽やかな雰囲気が増し、これはこれで似合う。ただ、なんとなくだけれど印象が弱まったように感じてしまった。灰色の布も当ててみるが、紺色に同じ。

大陸一の魔術師の存在感を弱めてしまうのは望ましくないだろう。

次に黒色の布を当ててみたシャルロッテは内心で頷いた。

（やはりヴィム様は黒色との相性がいいわね）

黒色の布は印象を弱めることなく、ヴィムの色合いと馴染んでいた。ダニエルが贈ったローブの色も黒が選ばれていることから、この選択に間違いはないと自信を持てる。

「ヴィム様、今と同じ色になってしまいますが、黒色はいかがでしょうか？　ヴィム様は髪も瞳も綺麗な色をお持ちです。他の色の邪魔をすることがない黒の生地が、それらを一番美しく見せてくれそうですわ」

ダニエルも同じことを考えて、黒色を選んだに違いない。灰色では銀の髪が引き立たず、紺色では青い瞳の魅力を存分に発揮できていないから、先ほどは印象が弱くなったように感じたのだと推察する。

黒いローブを持っているから次は別の色を——とも思ったが、ヴィムは魔法を使ってまで同じローブを着続けるタイプの人だとわかっている。着替え用といった余計なことは考えず、最も似合うと思う色を薦めてみた。

「いかがでしょうか？」

「うん、黒にしよう。馴染みのある、好きな色だしね」

ヴィムが納得してくれたことに胸を撫で下ろしつつ、シャルロッテは生地へと意識を戻す。

黒の生地は二種類。どちらも滑らかな触り心地で、皺ができにくい上質な織物だ。違いは光沢の強さくらいだろう。

「昼と夜ですと、どちらで人前に出ることが多いでしょうか？」

「圧倒的に昼間かな。夜はしっかり寝たい派だから、できるだけ夜の仕事は受けないようにしているんだ」

「であれば、光沢が控えめな方が良いでしょうね。艶は華美を演出しますが、度が過ぎると悪目立ちし、品位が落ちかねません」

「なるほどね。じゃあ助言通り、光沢が控えめな方で頼むよ」

「ではあとは基本のデザインと装飾についてですわね。マダム、デザイン見本をお願いできるかしら」

シャルロッテが頼むなり、マダムは手際よく生地を片付け、替わりにローブのデッサン帖を広げた。そしてその隣には、装飾のカタログも。

それから生地を選んだように、シャルロッテはヴィムの好みや生活スタイルを聞きながらデザインを薦めていった。

ヴィムは本当に服装にこだわりがないようで……シャルロッテの提案を一切否定することなく受け入れていく。そのため、あっという間にデザインが決まった。

生地は、艶の少ない漆黒。デザインは、前開きのフード付きロングスタイルがベースになっている。そこにショートマント風の襟を追加し、フードや袖と合わせて、金の刺繍が入った細いリボンで縁取りを施すことにした。襟元を留めるボタンも金で揃えるが、それ以上の装飾はしない。ヴィム自身が眩い容姿をしているので、大げさな装飾は不要との判断だ。

それでも、ダニエルが贈ったローブよりも凝ったデザインになっている。大陸一の魔術師の名に恥じない、華やかさと上品さを兼ね備えたローブになるだろう。仕上がりがとても楽しみだ。

そう思っているのはシャルロッテだけではない。彼女の隣では、ヴィムがソワソワした様子でマダムが納期の計算を終えるのを待っている。今にも立ち上がって、マダムと一緒に工房の予定表を覗き込みそうだ。

「待ち遠しくて?」

シャルロッテが尋ねれば、ヴィムは「もちろん」と言わんばかりに大きく頷いた。

「愛しい人が贈ってくれた物だから当然。すごく幸せだ。これまで受け取った中で、一番価値のある贈り物に違いないよ」

「大袈裟(おおげさ)ですわ。ヴィム様であれば、もっと高価な物をいただくことも多いのではありませんか?」

魔王という異名が広まり、ヴィムは畏怖されることが多い。しかし類いまれなる魔法の力によって、多くの人を助けてきた実績もある。その中には貴族も含まれ、彼らからはローブ以上に高価な感謝の品が贈られているに違いない。

そう思ったのだが、ヴィムは苦笑いを浮かべた。

「確かに大粒の宝石、希少な動物の毛皮、有名画家の絵画……値段を付けたら、どれもローブよりも高いかもしれない。けれど、多くが魔術師を懐柔するために選ばれた『ただ高級な物』で、どう見ても俺の好みが反映されているようには思えない。これだけの物を用意したのだから、もっと願いを聞いてもらおうか、という下心が丸見えでさ……」

マダムの手元を見ていたヴィムの青い瞳が、シャルロッテへと向けられる。

「けれど、今回のローブは違う。俺の容姿や習慣を考慮し、ひとつひとつ真剣に考えて提案してくれてさ、その気持ちがすごく嬉しいんだ。シャルロッテの贈る相手のことを思う気持ちが込められたローブは、高価な宝石以上の価値があると思う。仕上がったら、宝物にするよ」

ヴィムは顔を綻ばせ、またマダムの手元に視線を戻した。

そんな期待で満ちている彼の横顔に、シャルロッテの胸がじんわりと温まる。まるで、自分が贈り物をもらったような嬉しさがあった。

（宝物にするなんて、相変わらず大袈裟ね……思い切ってヴィム様本人を誘って、オーダーにして良かったわ。こんなにも喜んでもらえるなんて、なんて嬉しいのでしょう）

ダニエルが贈ったときのように、シャルロッテが勝手にデザインを決めて作ることもできた。オーダーにすると、採寸や生地選びなどで手間と時間が必要になり、相手の負担になるからだ。案外、この工程を面倒に思う貴族も多い。

それを知るシャルロッテは「嫌な顔をされたら」と密かに不安を抱きながら、ヴィムを仕立屋へと誘っていた。

しかし、結果は誘って正解。贈る側も、贈られる側も満足するような買い物ができたように思う。

すると、工房のスケジュールとにらめっこしていたマダムが顔をあげた。

「ご注文のローブは、三日後ならご用意できそうですわ」

ローブの造りは、ドレスほど複雑ではない。それでも最低でも一週間はかかると思っていたので、シャルロッテは驚く。

「そんなに早く？」

「ええ、シャルロッテお嬢様からの久しぶりのご注文ですし、お相手も心から楽しみにしているご様子。頑張らせていただきますわ」

マダムはニッコリと頷き、自信を見せた。彼女の仕事ぶりは幼い頃から知っているが、早いからといって、雑な仕上がりになったことはない。シャルロッテはマダムと工房の技術を信じ、注文の契約書にサインした。

受け取りは三日後、ヴィムが仕立屋に直接出向くことで決まった。本当に待ちきれないようで、彼からそう提案された。

つまり、ここでの用事は終わり。シャルロッテは椅子から腰を上げようとした。しかしそのとき、テーブルにカタログが置かれた。

「来週末に発表する、デイドレスの新作デザインでございます。いくつか実物もあるのですが、試着していかれませんか？　シャルロッテお嬢様のお気に召すものがあれば、手直しをしてお渡しできますし、誰よりもファッションを先取りできましてよ」

「新作……」

この仕立屋は、貴族に大人気の店。マダムは、流行に敏感な貴族の心のくすぐり方を熟知していた。

実際にシャルロッテは、新作と聞いて反応してしまう。

しかし、膝から少し浮かせた手は、カタログにまで伸びない。まだ彼女には、社交界に復帰するほどの気力は戻っていなかった。買ったところで、披露するビジョンが描けない。

そう戸惑っていると、パラパラとページを捲（めく）る音が耳に届く。無意識に俯いていた顔をあげれば、ヴィムが興味深そうにカタログを見ていた。そして、あるページで手を留める。

「このデザイン、シャルロッテに似合いそうだね」

「ヴィム様もそう思われます？　シャルロッテお嬢様のような大人（おとな）の美しさを持ちつつ、可愛さが残る素敵な令嬢に着ていただきたくてデザインしましたの。こちらであれば、試着用の見本がございますわ」

マダムの期待に満ちた眼差しが、しっかりとシャルロッテへと向けられる。言葉にしなくても、着てほしいという気持ちが伝わってくる。

顧客の期待に応えるのが仕立屋だ。一方で顧客である貴族は、仕立屋の期待通りに着こなして応えるもの。そしてシャルロッテは、生粋の公爵令嬢だ。

彼女は数秒躊躇したのち、「一着だけですわよ」と返した。

「やった！　ねぇ、マダム。ドレスに合わせる装飾品はないの？」

「ヴィム様？　そこまでなさらなくても」

「もちろん、ございますわ。ヴィム様、どうぞこちらのケースからお選びくださいませ」

「マ、マダム？」

試着する本人そっちのけで、マダムがアクセサリーケースをいくつもテーブルに広げ、ヴィムは真剣な表情で吟味しはじめる。彼は「どれも似合いそうで困る」とブツブツと悩ましそうにつぶやき、眉間に皺を寄せていた。

「——っ」

シャルロッテはほんの少し胸が締まるのを感じながら、静かにその姿を眺める。

待つこと数分、シャルロッテとアクセサリーケースの間で何度も視線を行き来させていたヴィムは、髪飾りをひとつ選んだ。

シャルロッテは別室に移動し、新作のデイドレスへと着替える。

濃いブルーをベースに、白の細いラインが入った珍しい柄の生地だ。ジャケット風の上着にはフリルがあしらわれ、胸元には大きなリボンが結ばれている。スカートは腰から膨らみがあるバッスルと呼ばれる新しいスタイルで、プリーツがたっぷり寄せられていた。スタイリッシュさの中にも、上品な可愛さがあるデザインだ。

最後にマダムが簡単に髪を結い直し、ヘッドピースと呼ばれるレースとリボンで出来た髪飾りを頭につけてもらう。

そうして鏡に映った姿を見たシャルロッテの口元は、ゆっくりと緩んでいった。

彼女は十八歳の、おしゃれに敏感な年頃の女の子。新しいドレスというだけで気分は上向きになり、デザインも自身に似合っているように見えた。マダムも「素敵ですわ」と太鼓判を捺してくれる。

「ヴィム様も、そう言ってくださるかしら」

気付けば、シャルロッテの口からそんな呟きが零れていた。ヴィムには、早く自分に飽きてほしいと思っているはずなのに、どんな感想をもらえるか気になってしまった。

(せっかく選んでもらったのに、着こなせていないと思われたら申し訳ないからだわ。ファッションに疎いとおしゃっている方の自信を、さらに落とすことに繋がらないか心配なだけで……そう、ヴィム様に褒めてほしいからじゃないわ)

気持ちを戒めつつ、鏡でもう一度をチェックしてからシャルロッテはヴィムの前へと出ていった。彼が座るソファの横に立ち、くるっと回って軽く背を見せ、正面に戻って微笑んでみる。

「着てみたのですが、いかがでしょうか？」

「……」

ヴィムは瞠目したまま固まり、瞬き以外のなんの反応も示さない。

兄ダニエルの場合はシャルロッテを見るなり「天使だ！」と駆け寄るように出迎え、アロイスの場合は心がまったく籠もっていないものの「いいのではないか」と、何かしらすぐに反応があった。

自分の姿を見て無反応なのはヴィムが初めてで、シャルロッテは困惑しながら彼の顔色を窺う。

だが再び「ヴィム様？」と声をかけた瞬間、彼はハッと目覚めたような顔をして勢いよく立ち上がった。踏みしめるように一歩だけシャルロッテに近づき、改めて見つめ、片手で口元を覆った。

「ごめん。シャルロッテに見惚れていて、夢ではないかと自問自答していた。どうやら現実のようだね」

「あまりにも似合わなくて、驚いていたというわけではなく……？」

「逆だよ。想像以上で、こんなに可憐な人がこの世にいたのかと驚いていた。素晴らしすぎるのも問題だね。なんと言ったらいいのか言葉が浮かんでこないや。あぁ、困ったな」

眉を下げてはにかみながら伝えられた想像以上の称賛に、シャルロッテの頬に軽く熱が集まった。

似合わないと、残念がらせずに済めば御の字だと戒めていたが、やはりお世辞でも褒められると嬉しいものだ。

「――っ、相変わらず大袈裟ですわね。ドレスが素敵であり、ヴィム様の見立てがよろしかったからですわ」

「直感で選んでしまったけれど、似合って良かった。それにしても……なるほど」

まじまじとシャルロッテを見下ろしながら、ヴィムは納得のため息をついた。

「ダニエルや、一部の貴族の男を見ていてさ、どうして熱心に婚約者へ何度もドレスを贈るのか不思議に思っていたんだけど……確かに、これはすごい」

「どういうことですか？」

貴族令息が婚約者にドレスを贈るのは定番。婚約者である令嬢が、誰の庇護下にあるか知らしめる目的がある。

ダニエルも「私が離れている間に、他の男が近づかないようにしなければ」と熱心にドレスを選び、他国にいる婚約者へと毎月のように贈っている。いわゆる、自分の代わりに婚約者を守る役目があるらしい。

しかし、今のシャルロッテは社交界を休んでいるし、家族以外でそばにいる異性はヴィムだけ。他の異性が近づく心配はなく、ヴィムが何に対して納得したのか、いまいちピンとこない。

不思議に思いながら銀髪の青年を見上げれば、急に大人っぽく色香を含んだ眼差しを向けられていることに気付き、シャルロッテは息を呑む。

ヴィムはヘッドピースのリボンの端を手のひらに載せ、光悦の笑みを浮かべた。

「好きな人を、自分だけが染める権利を得たような優越感が堪らない」

「――っ」

「頭の先から足元まで、俺が選んだものをシャルロッテが身に着けているなんて、最高の眺めだ。このままずっと、その服を着ているあなたを見ていたい」

あまりにも艶やかな言葉にシャルロッテは、顔を真っ赤に染めた。そして顔だけではなく、全身にも熱が帯びる。ヴィムに包み込まれたような、このままデイドレスを着ていたら彼に染められてしまいそうな錯覚に陥った。

何か言い返さなければ——そう思うが、シャルロッテの唇は羞恥で震えるだけで、言葉は出てこない。

「赤くなって……可愛い。いつもすましたシャルロッテも美人で素敵だけれど、こんなに照れてしまう可愛い面があるなんて新発見だ。可愛い……本当に可愛い。ますますあなたから目が離せなくなった」

「〜〜っ、もう着替えますわ！」

いたたまれなくなったシャルロッテは、別室に飛び込んだ。試着室の全身鏡には、首元まで赤らめた自身の姿が映っていた。心臓の鼓動も、いつになく速い。

（これではまるで——っ）

シャルロッテは鏡から視線を逸らし、追いかけてきたマダムに着替えを手伝うよう頼んだ。

「このデイドレスはいかがなさいますか？」

元のドレスに着替え終えると、髪型を直してくれているマダムに尋ねられる。

新作のデイドレス自体は、とても気に入っている。いつもなら即決で購入していただろう。

しかし今は、着るたびにヴィムのことまで意識してしまいそうで……シャルロッテは購入を見送ることにした。

マダムも「今日はローブの注文のためのご来店でしたものね」と、笑って身を引いてくれる。

そして転移して帰るから見送りは不要だとマダムに伝え、シャルロッテだけ隣の部屋に戻った。

「え？　買わなかったの？　それなら俺が贈ってもいい？」

案の定、デイドレスは購入しないことを伝えるなり、ヴィムはそんなことを言い出す。

シャルロッテは自身の顔が赤くならないよう、鼓動を速めないよう意識しながら、いつもの淑女の笑みを浮かべた。

「ドレスは、婚約者だからこそ許される贈り物ですわ。婚約者以外から受け取れば、節操がないという良くない噂（うわさ）が立ちかねませんので、どうかご容赦を」

「貴族のルールなら仕方ないか」

小さく肩を落としながら、ヴィムは転移魔法を発動させた。

到着した場所は、エーデルシュタイン家の温室だった。

(ヴィム様は、ここでの茶会をご希望なのかしら？)

そう思ってシャルロッテが温室の外に使用人を呼びにいこうとしたとき、「今日は帰るよ。ただ……」と言ってヴィムが引き留めた。彼は言葉を区切り、少しソワソワしている。

「ヴィム様？」

「ドレスは駄目でも、せめてこれだけは受け取ってくれないかな？」

そうしてヴィムが、ポンと魔法で手のひらの上に出したのはブレスレットだった。白金色の華奢なチェーンに、小粒のトパーズで作られた黄色の花が五つ連なっている。

「こちらは？」

「俺を呼び出せる魔道具――連絡アイテムさ。ほら、俺って転移であちこち飛びまわっているし、手紙は届くまでに時間がかかるし、連絡を取るのが大変だろう？　本当は他の予定を入れたかったけれど、俺が来るかと思って出かけられなかったとか……そういうとき、なかった？」

「今のところは、ありませんでしたが……」

現在は社交界を完全に休んでいて、周囲の貴族も気遣って茶会の招待もしてこない。

しかし、今後は不明だ。そういった意味を込めて、語尾を濁した。

「これからは、わからないって感じかな？　そう思っての、連絡アイテムさ。今日みたいに出かけたい場所ができたときとか、友人との約束を入れたいとかあったら、これで呼び出して気軽に相談してほしい」

ヴィムはシャルロッテの左手を取り、器用にフックを引っ掛け、彼女の細い手首にブレスレットを付けた。

チェーンの長さもちょうどよく、トパーズで出来た花は控えめで可愛らしい。教えられなければ、連絡アイテムだとわからない。

「どうして、ブレスレットに？」

「お守りとして身に着けてほしくて、日常でも邪魔になりにくいのはブレスレットかなって。本当はもっと早くに渡したかったんだけど、職人とあれこれやっていたら遅くなってしまった。シャルロッテに似合えばいいなと思って選んだんだけど、どうかな？」

ヴィムに聞かれ、シャルロッテは改めて手首にあるブレスレットを眺めた。

目立つデザインではないので、ドレスでもワンピースでも、どんな服装を選んでも邪魔をしなさそうだ。それでいて、シャルロッテ好みの上品さもある。

（素敵だわ……これ、ヴィム様が自ら選んでくれたのよね）

先ほどの仕立屋で、装飾品を選んでいたヴィムの姿が脳裏に蘇る。彼は、妥協を許さない様子で真剣に選んでくれていた。ブレスレットも同じように悩んでくれたと、想像しただけで嬉しい気持ちになる。

一からデザインを考え、連絡がしやすいようにという配慮もあり、お守りとして安寧の願いも込められている。相手を思うその気持ちは、値段のつけようもないくらい価値があるように感じた。

ヴィムの「どんな高価な物よりも、ローブには価値がある」という言葉が大袈裟ではなく、本心で告げた言葉だと身をもって知る。

「とても気に入りましたわ。ありがとうございます。できるだけ毎日、大切につけさせていただきますわね」

そう告げたシャルロッテの表情は、ヴィムに見せた中で、一番柔らかい微笑みだった。

わずかな間のあと、ヴィムも嬉しそうに顔を綻ばせる。

「受け取ってくれてありがとう。シャルロッテが呼んでくれたのなら俺は、いつでも、どこへでも飛んでいくよ。困ったことに巻き込まれたときも、我慢しないで遠慮なく呼んでね。必ずあなたを守ると約束する」

まるで騎士が忠誠を示すときのようにヴィムは跪くと、シャルロッテの手を取ってブレスレットに額を当てた。誓いを込めるように、祈りを捧げるように、長く。

そうして名残惜しそうに、ゆっくりと額を離したヴィムはシャルロッテを見上げると……微笑みだけ浮かべて、何も言わずに姿を消した。

シャルロッテは、しばらくその場に立ち尽くした。

〝ねぇ、少しは俺のこと好きになってくれた？〟

いつも確認されるその言葉を、今日は聞かれなくて良かったと心の底から思う。「お戯れを」と軽く返すことも、冷静な淑女の仮面を顔につけることもできないほど、このときのシャルロッテには余裕がなかった。

「その約束は、いつまで続けてくれるものなの？」

手首で揺れるブレスレットに問いかけた彼女は、それを痛む胸に引き寄せた。

第五章『芽生える疑念』

月が夜の主役になる頃――

「見てよ！　シャルロッテからもらったローブ、素晴らしいだろう？」

ヴィムは真新しいローブに袖を通し、エーデルシュタイン家に突撃した。ただ今日は想い人ではなく、友人ダニエルの私室だ。

部屋の主は突然ヴィムが私室に転移してきても取り乱すことなく、ソファで晩酌を続ける。一口ワインを飲むと、片眉をあげた。

「シャルロッテに、一番に見せなくて良かったのか？」

「いや、見せかったよ！　でも今頃寝ているだろうし、起こしたら可哀想じゃないか。だからといって、溢れる喜びを抑え込むこともできなくて……我慢できずに来ちゃった♡」

ローブの完成予定日の今日、仕事が長引いたため、ヴィムが受け取りに行けたのは半刻（はんとき）前のこと。閉店の時間を迎えていたものの、窓からはマダムの姿が見えた。どうしてもローブが欲しかったヴィムは、図々（ずうずう）しくも入店したというわけだ。

もちろん突撃した迷惑料は、ローブの出来の良さも加味して多めにマダムに渡している。

そうしてルンルンとした気分で自宅に帰ったものの、誰かに言いたくて仕方ない。そこでローブの自慢も兼ねて、親友の私室に転移したというわけだ。

「私が寝ていたらどうするつもりだったのだ？」

「帰国して間もない君には仕事が山積みで、遅くまで起きていると予想してのことだよ。まぁ、寝ていたら起こすつもりだったけど」

「相変わらずマイペースなやつめ。私を親友というのなら、もっと気遣ってほしいものだ」

長い付き合いから、友人の自由奔放さには慣れていた。悪態をつきながらもダニエルは、自分のとは別にもうひとつグラスを用意する。ロープ自慢を聞いて終わりではなく晩酌に巻き込むあたり、友人の図々しい態度は案外嫌いじゃないのだろう。

それをヴィムも感じ取っているから、ダニエルに甘えてしまう節があった。部屋の主の斜め向かいのソファに腰を下ろした銀髪の青年は、注がれたワインに口を付けてから礼を告げる。

「ダニエル、ありがとう。ロープを贈るように導いたのは、君だろう？」

「私は相談を受けただけで、ヴィムに贈り物をしたいと言ってきたのはシャルロッテの方からだ。あの子が真面目で、優しい性格で良かったな」

「本当、シャルロッテって、なんであんなにいい子なの!?　惹かれたきっかけは容姿だったけれど、彼女の内面を知れば知るほど、すべてが好きになっていくよ」

大陸一の魔術師となり、『魔王』という異名を得ても、生まれを変えることはできない。

多くの貴族はヴィムに対して丁寧に接してくるが、上辺だけ。視線や態度の端々に、「所詮は平民」という蔑みが見え隠れしている。

金に卑しい平民出身には、高い報酬と高級品を渡しておけばコントロールできる――とでも思っているらしい。すでにヴィムが多額の資産を得ていても、それは変わらない。

不要だからと宝石や賄賂を断れば「平民の癖に生意気な」と眉をひそめ、受け取れば「やはり卑しい血ね」とほくそ笑む。貴族ではないから腹芸ができないと、馬鹿にしている雰囲気も癇に障る。

しかしシャルロッテからは、そういった類いを感じたことがなかった。

魔法を欲して媚を売ったりも、魔王という異名に過剰に恐れたりも、ヴィムが貴族の教養で無知なところがあっても馬鹿にすることなく接する。育った環境が違えば、当たり前のようにある差だと受け入れているようなのだ。

シャルロッテは自分を常に対等な相手として見ていると、ヴィムは茶会を通して感じていた。

貴族からも、平民からも、『自分とは別の人間』として扱われる魔術師にとって、エーデルシュタイン兄妹は救いのような存在。

そのためヴィムは、ダニエルに甘えてしまうように、シャルロッテの前でもはしゃいでしまう。

好きになってもらうためには本来、紳士的で格好いいところを見せるのが正しいと、頭ではわかっているのだが……。

「態度も澄ましていることが多いけれど、よく表情を見れば感情豊かでさ、素直じゃないところがまたいいよね。俺の行動ひとつひとつに反応して、一生懸命隠そうとして、本当に可愛い。最近変化が見えてきて、ますますシャルロッテの心が欲しくて、焦がれて、つい必死になってしまうんだ」

ローブのボタンを指先でつまみながら、ヴィムは照れ笑いを浮かべた。

だが、その話を聞かされたダニエルの表情は不機嫌そのもの。ヴィムと視線がぶつかるなり、深いため息をつかれてしまった。

「ダニエルは、まだ俺が求婚したことが気に入らないの？」

「大切な妹の将来に関わるんだ。シャルロッテが不幸になる不安要素がひとつでもある限り、私は認めない」

「俺は真剣だよ。少しは信用してくれてもいいのに」

ヴィムは唇を尖らせ拗ねてみせるが、いつものようにダニエルが怒ってこない。

その代わりダニエルの纏う雰囲気がピリッと締まる。これは冗談を挟まない、真面目な話をしたいときに送られる合図だ。

「お前の財産は私から見ても潤沢で、魔術の才能は申し分なく、クロムハイツ王国では爵位を手に入れられるくらいだ。シャルロッテに、何不自由のない生活を与えられるだろう」

ダニエルは長い脚を組み直し、ひじ掛けに頬杖をついた。そして顎を軽く上げ、尊大な態度でヴィムに値踏みの視線を向ける。

「だが、それだけでは困るんだ。金や地位なんてものは、簡単に用意できる。実際に、アロイス殿下と婚約中には与えられていた……しかし、シャルロッテは幸せそうではなかった。あの子の幸せは、物を与えれば得られるものではない。王族にできなかったことを、お前にはできるのか？」

最後は鼻で笑い、挑発するような問いがヴィムに投げかけられる。

これは警告だ。そうヴィムの直感が告げていた。大切な妹シャルロッテを幸せにできる自信がないのなら、これ以上踏み込んでくるなというもの。

ダニエルの挑発するような態度も、この程度で冷静さを欠くようではシャルロッテを守る資格がないという表れだろう。

ヴィムはグラスを置き、自身の胸に片手を当てた。親友の冷ややかな眼差しとは逆に、青い瞳に熱を込めた。

「あの王子と一緒にされては困るよ。アロイス殿下のように、シャルロッテを蔑ろにするようなことは絶対にしない。俺の身も心も財産も、すべて捧げるつもりで彼女を幸せにしたいと思っている」

「さて、本当かな？　お前は随分と軽い調子で口説いているようだし……こっちは愛する妹がこれ以上、何かを耐えるような人生を送らせたくないのだが」

「本当にシャルロッテが愛しいから、あの態度なんだけど。断罪から救った俺が最初から本気で迫ったら、真面目なシャルロッテは恩返しや家の立場など色々と考え込んで、逃げ道を失い、本心ではなくても頷いてしまいそうじゃないか」

ギロリと、青色と琥珀色の瞳がぶつかり合った。

残念ながら、現時点でシャルロッテはヴィムに対して明確な恋情は抱いてはいない。それは一線を引く彼女の態度から感じ取っている。

ただ、恋人として交流するという約束を果たそうとする姿勢は真面目で、高くはない手土産に恩を感じて返そうとする姿は律儀で好ましい。

ヴィムは、そんな愛しい人の健気な姿を守りながら、心も手に入れたい。

沈黙が支配して数秒、折れたのはダニエルだった。彼は視線を落とし、頬杖をついていた手で目元を覆った。

「失望させるなよ」

誰を――と聞かなくても、絶対に失望させてはいけない人物はシャルロッテひとり。

「王子とは違うと、証明してみせるよ」

ヴィムは口元に弧を描き、自信に満ちた笑みを返した。

アロイスは婚約者を裏切り、陥れようとした最低な人間だった。幼い頃から献身的に支え、教養と美貌を磨いてきた人に対して、よくここまで残酷になれるものだ――とある意味感心するほど。

ヴィムには想像できない心理だ。

すると、ある疑念が頭をもたげた。

「ダニエルは、シャルロッテが王子に虐げられていることに気付かなかったの？」

「……アロイス殿下はシャルロッテに恋情を一切持っておらず、他の令嬢に現を抜かしている——という情報以外、はっきり言ってなかった。自分の完璧な立場を守るために、証言や証拠が残らないよう動いていたのだと思う。国王や側近が捏造を見抜けない証拠品を、しっかりと準備する周到さを持っているくらいには、な。動くときは大胆だが、それ以上に慎重な人間だ」

つまりダニエルの知るアロイスであれば、なんの罪もない状態で婚約者を牢に入れるはずがないということ。

疎ましく思っていたが、虐げてはいない——と、必死の形相で訴えていたアロイスの言葉が信憑性を帯びてくる。数分でもシャルロッテを投獄した場合、物的証拠がなくても公爵令嬢の彼女に証言でもされたら、王族でも立場は揺らぐ。

それとも実際に投獄はせず、六番牢の前にまでシャルロッテを連れていき、「失態を演じたらここに投獄する」と脅したか。そう考えもしたが、脅しただけでも大問題になるはずだ。

そんな軽率な行動をとる人物を、果たしてダニエルは『慎重』と言うだろうか。

しかし卒業パーティーでのシャルロッテの口振りには、経験者でしか語れないような生々しさがあった。実際に彼女の証言と、ヴィムが見た六番牢の状況は一致している。

後日行われたシャルロッテへの事情聴取でも、六番牢や虐げられていた疑惑について尋ねれば、彼女は体を強張らせ、声が出せなくなってしまったようだ。

調査官が彼女から得られた言葉は、「思い出したくない」という涙声の一言。

そのため明確な証言は得られなかったが、シャルロッテの憔悴（しょうすい）ぶりから、投獄相応の侮辱をアロイスから受けたと認定されたのだが……。

（シャルロッテは、安易な嘘をつくような人ではない。アルファスも『蔑ろにされていた』という彼女の証言を真実と判断した。けれど、ダニエルも俺に嘘をつくとは思えない。だったら、この妙な矛盾は一体――？）

そうヴィムが思考の深みに意識が向きそうになったとき、彼の耳に鈴の音が届いた。普通の鈴の音ではなく、魔法で生み出された特殊な音だ。

「これは……ダニエル、用ができた。俺は失礼するよ。今度またゆっくり飲もうね」

ワインが残ったままのグラスを置いて立ち上がり、ローブの襟を正した。

ヴィムが連絡アイテムで誰かから呼び出されたと察したダニエルは、「次の酒はお前が用意しろよ」と言って、口元に弧を描く。

それにニッと歯を見せるような笑みを返したヴィムは、呼び出した人のもとへ飛んだ。

◇◇◇

「そんな……」

シャルロッテは目の前の光景が信じられず、悲鳴が漏れた自身の口元を手で覆った。その唇はひび割れ、ほんのり血の味がする。

今いる石造りの小さな部屋には、見覚えがあった。

窓は天井近くにひとつしかなく、風通りが期待できないほど小さい。そして窓がある壁の反対側は、鉄格子が部屋を半分に仕切っている。また彼女が乗っているベッドの枠は鉄製の簡素な造りで、マットレスの代わりに敷かれているのは木の板だ。そしてボロ雑巾のような毛布はぐっしょりと濡れていた。

身に着けているのはドレスではなく、飾りのない簡素なワンピースだ。平民でも着ないような、麻袋のような生地で出来ていてチクチクとしている。

「嘘よ……っ」

慌ててベッドから飛び降りれば、ぬるりとした感触を足の裏が拾う。同時に、シャルロッテの足元でネズミが走った。

忘れもしない光景と感覚。ここは、シャルロッテが過去に四度も入れられた場所——六番牢だ。

「私はどうして？　お願い！　誰か出して！」

何かの間違いだと思いながら、扉の向こうに側に向かって声を張り上げる。だが、何度呼んでも、返ってくるのは静寂のみ。

助かったと思っていた五回目の人生は幻だったのか。

家族との再会や温かい食事も、願望が夢に出てきただけなのか。

また、食事か水に混ぜ込まれた毒で死んでしまうのか。

「い、嫌！　誰か…誰か！」

絶望から逃れたくて、鉄格子の向こうに行きたくて、シャルロッテは隙間から手を伸ばした。

キラリと光る物が目に入る。

「……これは？」

自身の手首に、ブレスレットがあった。華奢な白金色のチェーンに、トパーズで出来た花が連なっている。これは銀髪の美しい魔術師が贈ってくれた物だ。

「助けて……ヴィム様、助けて……っ」

気付けば、シャルロッテは彼を求めていた。鉄格子の向こうに伸ばしていた手を胸元に戻し、反対の手で手首ごとブレスレットを握る。

〝シャルロッテが呼んでくれたのなら俺は、いつでも、どこへでも飛んでいくよ。必ずあなたを守ると約束する〟

そう言ってくれたヴィムに縋るように、シャルロッテはブレスレットを強く握る。

「ここから出して……お願い……助けて、ヴィム様っ」

「シャルロッテ？」

呼んでいた彼の声が聞こえた。案ずるような、柔らかい声色だ。

しかし、いくら周囲を見渡してもヴィムの姿が見えない。それどころか視界そのものが滲んできて、暗闇に染まる。毒が体に回って、意識を失う瞬間と似ていた。

シャルロッテは、声を張り上げる。

「どこ？　ヴィム様、どこなの？　怖い……助けて！　ヴィム様！　ヴィム様！」

「俺はここにいるよ。シャルロッテ……大丈夫だからシャルロッテ……シャルロッテ！」

「――っ」

視界が、一瞬にして明瞭になった。シャルロッテのヘーゼルの瞳に映ったのは、心配そうに彼女を覗き込むヴィムの顔だ。

「ヴィム、様？」

「悪い夢を見ていたようだね？」

「ゆ、め……」

頭がぼんやりとしていることを自覚しながら、シャルロッテはヴィムの顔に手を伸ばした。以前と同じく肌質は男性とは思えないほど滑らかで、しっかりとした温もりを感じる。触れられることを黙って受け入れる彼の表情は柔らかく、絶望でいっぱいだった心は安心感で塗り替えられていく。

そのまま手を下ろせば、漆黒のローブに触れた。サラリとした張りのある生地で、縁には金糸の刺繍リボンが施されている。これは兄ダニエルが贈った物ではなく、シャルロッテが先日オー

ダーしたばかりの物だ。イメージした通り、よく似合っている。

もし六番牢が現実なら、あるはずのない代物。つまり、今が現実なわけで――

「も、申し訳ございません！」

やってしまった。シャルロッテは慌ててヴィムから手を離し、両手で顔を覆った。

怖かったからといって、見ていた夢のせいでヴィムを呼び出してしまった。指の隙間から時計を見れば、たいていの人は深い眠りについているような時間帯だ。

（ヴィム様は、夜はしっかり寝たい派だとおっしゃっていたのに。起こしてしまったかしら）

シャルロッテは体を起こし、深々と頭を下げた。

「子どものような理由でお呼びしてしまい、大変失礼をいたしましたわ。どうお詫びしたらよろしいのか」

「気にしないで。寝ている間もブレスレットを着けてくれていると知れてすごく嬉しいし、シャルロッテの寝顔も見られて、幸運としか思ってないよ」

迷惑をかけたはずなのに、ヴィムは明るくウィンクしてみせた。

いつもの調子の良さに、シャルロッテの罪悪感も軽くなる。そうしてホッと安堵のため息をつこうと胸に手を当てた彼女は、自分が寝間着姿だということに気付いた。

透けるような生地ではないが薄い素材で、コルセットも着けていない。家族の前でもガウンを羽織るような服装だ。

夜中にヴィムを呼び出し、勝手に彼の顔や肩に触れた上に、はしたない姿を晒してしまった。情けなさでどうにかなりそうだ。

するとシャルロッテの肩に黒い服がかけられた。

それは先ほどまでヴィムが着ていた新品のローブで、華奢な彼女の体をしっかりと包み込んだ。

「気晴らしに、少し外に出かけようよ」

そう提案したと同時に、ヴィムはシャルロッテを横抱きで持ち上げた。

体が浮いた彼女は目を丸くさせる。

「今からですの⁉」

「もちろん――アルファス！　散歩に行くよ」

《はーい！》

黒い狼の姿をした悪魔――アルファスが、元気よく床の影から飛び出してきた。上級悪魔を飼い犬のように扱えるのは、広い大陸でヴィムだけだろう。

シャルロッテは規格外の魔術師に感心しそうになるが、すぐに我に返る。ローブを羽織っているとはいえ寝間着姿であり、時間帯は深夜に差し掛かっている。しかも悪魔付き。一体どこへ出かけるつもりなのか。

しかし問いかけるために口を開こうとしたときには、景色が変わっていた。

戸惑っている間に、ヴィムが転移魔法を発動させてしまったらしい。

見上げればいつもより星が近く、ひとつひとつがハッキリ見えそうなほど。横に視線を移せば山の頂のシルエットがよく見え、空と大地の境界線は遥か遠い。そして下には、夜でも明るさを失わない大きな街があった。

「王都？」

どうやら屋敷の上空へと転移したらしい。魔法の力なのか、体は下に落ちることなく空高くふわふわと浮いている。

「綺麗でしょ？」

「はい。どこを見ても美しいです」

視界いっぱいに広がる絶景を前に、シャルロッテはヴィムの腕の中で頷いた。

「気に入ってくれて良かった。冷えないようにしっかり着てから、景色を楽しもうよ」

ヴィムは、シャルロッテをアルファスの背に乗せながら促した。

彼女は言われた通り袖を通し、前をしっかり重ねて寝間着を隠す。そして、改めて景色を眺めた。

上は満天の星、下は王都の夜景が広がり、光の世界へ放り込まれたような夢心地だ。上空から王都を一望する日が来るなんて、想像もしていなかった。

普通の人間では、絶対に経験できないようなことが起きている。それも素晴らしい意味で。あまりにも非日常的な体験に感動してしまう。

（本当に、これは現実なのかしら？）

そう自分に問いかけたシャルロッテは、失敗したと思った。夢のとき抱いた不安が蘇り、再び心に影を落としていく。

幸せな時間こそ幻だったのだと、この瞬間も願望が生み出した夢ではないのかと……どうか覚めない夢であってと願うように、シャルロッテの視線は無意識にヴィムへと向けられた。

彼は柔らかい微笑みを浮かべ、幼子のように縋るヘーゼルの眼差しを受け止める。

「どんな夢を見たの？　俺を呼ぶほど、シャルロッテは何を恐れているのか聞いても？」

「それは……」

これ以上ヴィムに甘えて負担をかけることに戸惑い、シャルロッテは口を閉ざした。

するとヴィムは眉を下げ、「夢で生まれた恐怖心はアルファスに食べさせて、軽くしてしまえばいいよ。この子にとっては、ご褒美のおやつだから」と言った。アルファスも《おやつ、食べたーい！》と尻尾（しっぽ）を振り始める。

そんな風に言われてしまったら、今のシャルロッテは抵抗ができない。嘘にならないように、言葉を選びながら口を開いた。

「ヴィム様が、助けに現れなかった未来の夢を見るのです。無実を晴らせず、王宮の牢で過ごす夢を何度も、何度も……っ。夢とは思えないほど意識がハッキリしていて、手足に感じる不快感は酷く生々しくて……今の、この現実の方が幻ではないかと、夢の中では疑うほどで……私はまだ、断罪の恐怖を乗り越えられずにいるのです」

一気に語った彼女は、震えてしまいそうな自身の腕を擦りながら自嘲した。

そう平静を装っても、アルファスには伝わってしまうらしい。シャルロッテの恐怖心を味わっているのか、アルファスは舌なめずりをした。

ただ今世のシャルロッテは、実際に投獄されていない。他人の目には、勝手な空想を広げ、それを夢にまで見て怯えている、被害妄想も甚だしい令嬢として映っていることだろう。

さすがにヴィムも呆れただろうと顔をあげるが、彼の微笑みは柔らかいまま。

「だから寝言で俺に助けを求めていたんだね。その夢は、ずっと前から見ているの？」

「……ええ、初めてではありませんわ」

「それは辛いね。魔法で悪夢を防ぐことはできないけれど、もし夢を見て怖くなったら俺を呼んでよ。寝言でも求めてくれれば、起こすことで悪夢を途中で終わらせられるし。見た後なら、落ち着くまで一緒にいてあげる。だから、これからも着けていてね」

ヴィムはシャルロッテの手を下から掬い上げ、親指でブレスレットの表面を撫でた。トパーズがキラリと光り、ブレスレット本体も賛成しているように見える。しかし――

「そこまでご迷惑をおかけできませんわ。夢を見る回数も多いですし」

「多いなら、なおさらじゃないか。それだけシャルロッテは怖い思いをしているということだろう？　それに些細なことでも、あなたを守りたいと言ったはずだよ。それを忘れないで、ね？」

「本当に、良いのですか？　いつ呼ぶのか、時間もわからないのですよ？」

「俺はいつでも大歓迎。もし呼び出すのが心苦しいのなら、別のやり方もあるよ」

そんな方法があるなら教えてほしい。シャルロッテは「教えてくださいませ」と前のめりになって聞いた。

ヴィムの笑みが、ぐっと深まる。

「毎晩、寝る直前に連絡アイテムで呼んでよ。あなたが寝ている間、俺が隣でずっと見守っていてあげる。それなら悪夢を見ているとわかった時点で、起こしてあげられるよね？　シャルロッテもすぐに悪夢から解放されるってわけさ。万一に俺も寝てしまって気付けなくても、あなたが起きた時点で隣にいる俺を頼れる。いい案だと思わない？」

「でも、隣って……その……」

「うん、添い寝♡」

「却下ですわ」

「いい方法だと思ったんだけどなぁ」

お決まりのように口を尖らすヴィムに、「相変わらず、お戯れが過ぎましてよ」とシャルロッテもぴしゃりと定番の台詞を返す。

だが、ツンと冷静な仮面の裏で彼女は、ヴィムが添い寝することを想像して、嫌悪感を抱いていないことに内心驚いていた。

その上、いつもは面倒だと思っていた戯れに、どこか心地よさを感じているではないか。悪夢を見た日は、半日ほど重い余韻を引きずることが多いというのに、すっかり解放されたように気分が軽い。

今夜だけでなく、それは茶会でも言えること。

ヴィムの明るい態度と、喜ばせようと尽くしてくれる優しさに、すっかり甘えてしまっているとシャルロッテは自覚してしまった。彼の存在が、自分の中で大きくなっていくのを感じる。

隣で夜景を見下ろすヴィムの端正な横顔に、シャルロッテの胸の奥がきゅっと締め付けられた。

「見回りの使用人に心配かけそうだし、抜け出したのがバレる前に部屋に戻ろうか」

「……はい。お願いしますわ」

もう終わってしまうのね――と、心の中でこの時間を惜しみつつ、シャルロッテはヴィムと手を重ねた。そして瞬きをしたときには、私室に戻っていた。

「今夜は、ありがとうございました。とても素敵なお出かけでしたわ」

シャルロッテはローブを脱ぎ、ヴィムに差し出した。一度洗って返すべきなのだろうが、そうすれば深夜の時間に彼が私室を訪れたことを使用人に知られてしまう。それが父や兄の耳に入れば、大事になりかねない。

自分のために駆けつけてくれたヴィムが責められるくらいなら、彼に自分の寝間着姿を晒すことくらい我慢できる。とはいっても、恥ずかしいものは恥ずかしいのだが……。

「落ち着いて寝られそう？」

　ヴィムはローブを受け取りながら、案ずるような微笑みを浮かべた。寝間着姿を気にすることなく、純粋にシャルロッテを心配する目をしている。

　そんなところが、また彼女の心をくすぐる。顔に出てしまう前に「おそらく」と簡単に答えて、もう片方の恩人に礼を告げる。

「アルファス様も、お背中を貸してくださりありがとうございます」

《お安い御用さ。でもお礼をしてくれるのなら、朝まで部屋に居ていい？　悪夢を見たら、生まれた苦しみを食べたいなぁ。ヴィム、離れてもいいでしょ？》

「シャルロッテがいいならね。どうする？」

　実のところ、シャルロッテはアルファスに恐怖をあまり感じていない。ヴィムに頷きを返した。

「問題ありませんわ。また悪夢を見るとはお約束できませんが、それでお礼になるのでしたら、どうぞ滞在なさって」

《やったー♪　さっき話を聞いていただけでも、お嬢さんの悪夢による恐怖は濃くてすごく美味しかったからさ、次はできたての生の恐怖を味わってみたいんだよね》

　喜んだアルファスは、シャルロッテの足にすり寄った。

　言っていることは非常に物騒だが、姿だけなら可愛らしい大型犬にしか見えない。そっと手を伸ばして頭を撫でれば、ふわふわとしていて触り心地がいい。

「ずるい……って許可したのは俺か。アルファス、良い子にするんだぞ。シャルロッテも、おやすみ」

「はい、おやすみなさいませ」

「良い眠りを祈っているよ」

こうしてヴィムは一度笑みを深めてから、私室から姿を消した。

シャルロッテは肩の力を抜き、先ほどの彼の態度を思い出す。

（あまりにも甘い言葉を慣れたように使うから、軽い方だと思っていたけれど……裏表のない、ただ純粋な方なのかもしれないわね。女性を弄ぶような方だったら、こんな時間に駆けつけ、励ますために夜空に連れていってくれない……はず）

微妙に確信が持てないまま、シャルロッテはベッドに潜り込んだ。

そしてアルファスは、彼女を潰さないようにして隣に寝そべった。

「アルファス様は、ヴィム様と付き合いが長くって？」

《ヴィムが二十歳のときからだから、四年になるかな。ヴィムの魔力って甘い香りがして、極上の味がするんだ。だから喜んで召喚されちゃうよね♪　ヴィムには醜い人間もたくさん近づいてくるし、そいつらが生む醜い心も美味しくてさ……ヴィムのそばにいられるよう、できるだけ言うことを聞くようにしているよ》

ヴィムには『魔王』という異名がついているが、これは上級悪魔アルファスが従っているように見える光景が、目撃されやすいからなのかもしれない。
「ちなみに醜い人間というのは……」
《ヴィムに首輪を着けて、私物化しようとするやつらさ。お宝積み上げて、目尻下げて、賞賛を述べながら陰ではヴィムを見下し、鎖を繋ごうとするずる賢い人間のこと。そいつらの汚い欲望が、なかなかいい味をしているんだよね♪　そういうことだから、心配しなくてもお嬢さんは違うよ》
不安を見透かしたような目をアルファスに向けられ、シャルロッテの心臓が跳ねた。
ヴィムの気持ちには応えられない――期待させないよう、冷たいと思われかねない態度を取っておきながら、彼の優しさに甘えてしまっていると自覚したばかり。
だからといってヴィムの求婚を受け入れるでもなく、優しさを手放すこともできず……その優柔不断な浅ましさを、醜いと思われたらどうしようかと考えてしまっていた。
《ふふ、僕は真実と嘘を見分けることができる悪魔だよ。抱いている感情くらい簡単にわかるって。まぁ、醜くなくても、お嬢さんの生み出す感情は美味しいんだけどね》
「それは悪夢のことですか？」
《うん。実体験を振り返る夢から得られる恐怖は、やっぱり別格だよね。心の底から生み出された偽りのないむき出しの恐怖は、味の深みが違う》
アルファスの言葉に、シャルロッテは目を大きく見開いた。勢いよく上半身を起こし、アルファスの赤い瞳を覗き込む。

「私が、投獄されたことをご存じで？」

《四回だろ？　繰り返したお陰で、いい感じに恐怖が熟成されているよね》

「回数まで……アルファス様が時間を巻き戻しましたの⁉　私の恐怖を食べるために⁉」

《ふふふ、もっと美味しいものを食べるために、だよ。と言っても、僕自身は逆行魔法を使えないんだけどね》

「逆行……魔法……」

この世で『魔法』と呼べる力を使えるのは、魔術師か悪魔だけ。しかも上級悪魔アルファスでも行使できないということは、逆行魔法はかなり高等な魔法だと推察できる。

そんな上級悪魔を超えるような魔術師の数はこの世に限られており、逆行魔法が使用された事実を知るアルファスと関わりがある人物をあげるとしたら――

「私の人生が繰り返されたのは……ヴィム様の魔法が原因ですの？」

シャルロッテは、本来は恐ろしい悪魔だということも忘れてアルファスに詰め寄った。

頭をもたげたアルファスは、鋭い牙を見せながらニィッと口角を上げた。

《これ以上は特別料金が必要だよ。対価を用意してよ》

「私の恐怖心では足りないと……ちなみに、どのような物をお求めで？」

《魔力があれば魔力を。足りなければ、寿命か魂で補填って感じかな？　お嬢さんは魔力がゼロ

だから、寿命四十年分ってところだけど——どうする？》
情報はほしいが、払う代償が大きすぎる。そう不服を言いたくても、相手は上級悪魔。人間の苦しみを喜ぶ種族に交渉しても、さらに状況が悪化しそうだ。
シャルロッテは静かに奥歯を噛み、首を横に振った。
「結構ですわ。ここは引きます」
《良かった♪　お嬢さんに何かあったら、ヴィムに嫌われるところだったよ。ほら、寝て。朝までの時間が短くなっちゃうよ》
悪夢を所望しているアルファスは頭を下ろし、再びベッドの上でくつろぎ始めた。
そうしてシャルロッテも横になるが、思考が渦巻いてしまい、しばらくしても眠気がこない。瞼を開ければ、アルファスと目が合った。
《寝られないの？　困ったなぁ～。悪夢を見る確率が低くなるじゃないか》
「……申し訳ございません」
《じゃあ、これはサービスね》
「サービ、ス……って……？」
突然、睡魔がシャルロッテを襲った。瞼は重くて開けられなくなり、体から力が抜けていく。魔法が使われたのだと気付いたときには、もうほとんど意識は残っていなかった。
《おやすみ、お嬢さん》

アルファスがそう囁いたと同時に、シャルロッテは完全に眠りに落ちたのだった。

「ヴィム様が得意な魔法は何ですか？」

次の茶会で、シャルロッテはそんな質問をヴィムに投げかけていた。

「空間支配系の魔法かな。転移したり、空を飛んだり、幻影を見せたりね。もちろん、火や水、雷といった自然干渉の魔法も使えるけれど」

「苦手な系統がなさそうですわね」

「自分で言うのもなんだけど、たいていの魔法は使えるよ」

ヴィムは得意げな様子で、ティーカップを傾けた。ダニエルは忙しいようで、今日はふたりきり。銀髪の魔術師はご機嫌だ。

一方で、緊張による喉の渇きを感じたシャルロッテは、一度お茶で口を潤した。ドクン、ドクンといつもより響く心臓の音を感じながら、質問を重ねる。

「では、時間を巻き戻すような魔法もお使いになれまして？」

「使えるんじゃないかな？　ただ、他の魔法よりも制約が多いから、使う場合はそれなりに計算してからになると思う。それにしても……シャルロッテが魔法について聞くなんて珍しいね」

ヴィムはティーカップをソーサーに置き、両肘をテーブルについて指を組んだ。その手の上に顎を乗せ、探るような視線をシャルロッテに向ける。

単なるシャルロッテへの興味なのか。あるいは、特別な魔法に深入りしないよう牽制しているのか。

ただ、これ以上の質問は止めた方がよさそうだ。

「読んだ小説の主人公が、時を戻せる魔法を使っておりましたの。だから現実でもあるのか、少々気になってしまって」

シャルロッテは微笑みを浮かべて、事前に用意していた言い訳を告げた。

するとヴィムは「確かに、小説の魔法は存在するか疑いたくなるものが多いよね」と、納得したように視線を緩めた。組んでいた指を解き、フォークを手にしてシフォンケーキを食べ始める。

今回のシフォンケーキは、エーデルシュタイン家のお抱えのシェフが用意した物だ。ヴィムの手土産がジャムだったため、それが添えられていた。

シャルロッテも食べてみるが、シフォンケーキとジャムの相性は良い。

（アルファス様は、私が逆行していることをご存じだったけれど、この様子ではヴィム様は何も知らないみたいね。使った経験も記憶もなく、この世が四回もループしていること自体も気付いていなさそう。でも、逆行魔法は使えてしまうのよね……？　原因はヴィム様である可能性が高いけれど、どういうことなのかしら？　記憶が制約？）

時を戻すということは、何かやり直したいことがあったからのはず。しかし記憶が残っていなければ変化が訪れず、同じ未来を繰り返す可能性が高い。

もしヴィムがこの世界がループしていることに気付き、彼が願ったやり直しが実現していないと知ってしまったら——先を想像してしまったシャルロッテのフォークが止まる。

（ヴィム様ではなく、私が記憶を持っているということは、おそらく逆行魔法に無関係ではない……下手に動いて、ヴィム様を刺激するのは危険ね）

甘かったはずの口の中に、苦みが広がった。

再び時間の巻き戻りが起こり、六回目の断罪を迎えることだけは避けたい。そのためには、原因を取り除く、あるいは遠ざけるのが有効なのだが……。

「そろそろ、私に飽きる頃ではございませんか？」

シャルロッテはフォークを置き、感情のこもらない眼差しを送った。

淑女の仮面が外れてしまうこともあったが、教科書通りの所作と言葉遣いを意識し、ほとんどの時間を澄ました態度で接してきた。ヴィムの興味を引いた、卒業パーティーのときのような大胆な行動は、あれからしていない。

期待したほどの、面白い令嬢ではないと彼も知ったはずだ。

（好みの女性ではないと気付いても自ら求婚した手前、ヴィム様から辞退しにくい。なら、私からきっかけを与えればいい。確かに想像と違って面白味が少ない——とヴィム様が少しでも落胆された態度を見せたとき、私から恋人関係の解消を提案すれば、ヴィム様も受け入れやすいわ。そうしたら……もう、会うこともなくなる）

締め付けられたように胸の奥が痛むが、命の危機を前に悠長なことは言っていられない。そんな覚悟を持ってシャルロッテは聞いたつもりだったのだが、ヴィムから返ってきたのは満面の笑みだった。

「飽きるわけがないだろう？　むしろもっと夢中になっている最中さ」

予想もしていなかった返答に、シャルロッテは軽く瞠目した。

「――っ、どうして飽きておりませんの？」

「それはもちろん、シャルロッテが可愛すぎるからだよ」

「ご冗談を」

「嘘じゃないさ。どんなお土産でも、使用人に任せず最初は自ら大切そうに受け取る仕草とか、口説いてみたらわずかに泳ぐ視線とか、笑みを向けたら顔は澄ましているのに耳だけ赤くなるところとか、素直じゃないところまで本当に可愛い。そんなあなたを永遠に見ていたいくらい、俺は夢中だよ」

甘い痺れも加わり、シャルロッテの胸の奥がますます痛む。

距離を置く作戦が失敗に終わっていることを残念に思う以上に、まだ自分に好意を寄せていることに安堵し、内面を知ろうと彼がよく見てくれていることを嬉しく思ってしまった。

でも好意に応えられるほどの勇気はなくて、自覚してしまいそうな感情を抑えつける。

「相変わらず、お世辞がお上手ですこと」

フォークを再び手に取り、シフォンケーキにジャムをたっぷりと載せてから口に運んだ。

「本当に、思ったままのことを言っているんだけどなぁ」

ヴィムは、お決まりのように口を尖らせた。

いつもの流れに、いつもの仕草。もう慣れたと思っていた。しかしこの日はもう、シャルロッテは彼の顔をしっかりと見ることができなかった。

◇◇◇

数日後、アメルハウザー国王からエーデルシュタイン家に手紙が届いた。

元婚約者アロイスの、今後の処遇に関する相談の内容だった。

捏造の証拠で国王を騙し、シャルロッテを陥れようとしたアロイスは現在、王宮の地下にある六番牢に収監されている。

本来であれば、あらゆる冤罪を受けられる直系の王族ということもあり、はじめは「処刑人と同列に扱われるような罪は犯していない」と訴えていたらしい。

そのため、しばらく現実を受け入れられない様子だったが、収監から一か月過ぎたあたりから態度が変わったようだ。非道なことをしたと反省の色を見せるようになり、牢の中で荒れることもなくなったと書かれていた。

要は、アロイスを六番牢から出すかどうか検討をしているということだった。

〝六番には最低一か月……反省の色が見えなければ見えるまで投獄したのち、簡素な客室に生涯幽閉とする。そして予算は王都に住む平民の生活水準へと落とす〟

アロイスの処遇をシャルロッテに伝える際、国王はそう言っていた。だから念のため、事前にエーデルシュタイン家に連絡を入れたのだろう。

手紙の最後には、異議があれば連絡がほしいと書かれていた。

（これまでの私だったら、もう死んでいた頃。でも、今回はまだ生きている……っ）

そう……気が付けば卒業パーティーからまもなく二か月が経とうとしていた。シャルロッテは、前回までの人生よりも長く生きている。

しかし、手放しで喜ぶことはできない。

自分が人生を繰り返した原因と理由がわからない限り、いつ時間の巻き戻りが起きるか怯えて過ごすしかないのだ。

暗く、冷たく、汚く――絶望を詰め込んだような場所には、二度と行きたくはない。一度入れられたら、死ぬまで出られないのが六番牢なのだ。

「だけどアロイス殿下は、私と違って生きて出られるのね」

「それは、どういうこと？」

「え？」

ハッとして顔をあげれば、怪訝な表情を浮かべたヴィムがいた。

ここは薔薇を中心に、赤い花が咲き誇る『スカーレットガーデン』の中央。ふたりの間には真っ白なクロスが敷かれたテーブルがあり、エーデルシュタイン家のシェフが用意した焼き菓子が並べられていた。

ヴィムの手にはストレートグラスが握られており、彼がお土産で持ってきた葡萄のジュースが注がれている。一日数量限定の、その日収穫したばかりの葡萄を絞った新鮮なジュースと聞いていて……。

(やってしまった。いくら寝不足だったからといって、これはあまりにも酷い失敗だわ)

ループの原因、ヴィムへの気持ちと関係、アロイスの六番牢からの釈放と、彼女には考えることが多くあった。この数日まともな睡眠を取れておらず、寝不足に陥った思考は鈍り、無意識に皮肉を呟いてしまったらしい。

シャルロッテは軽く口元を押さえ、苦笑した。

「失礼しましたわ。アロイス殿下が六番牢から、個室に移されると聞いたものですから、気になってしまって。それで先ほどの話題はなんだったかしら？　確かこのジュースの葡萄畑が災害に見舞われたとき、ヴィム様が魔法で助けたのが縁という」

「私と違って……とは、どういう意味？」

言葉を遮ってきたヴィムの顔からは笑みが消え、眼差しは追及の色が濃くなっていた。

ドクン、とシャルロッテの心臓に冷たいものが流れた。

「夢の中の私は六番牢から出られず、毎回死ぬものですから」

「本当に、それは夢の話？」

「……どういう意味ですの？」

「どうして、六番牢の正確な状況を知っていたの？　どうして、六番牢に入れられると予期できたの？　予期していたのにどうして、エーデルシュタイン公爵に相談しなかったの？　相談しないままどうして、ひとりで卒業パーティーに参加したの？　あなたの行動と発言には、わからないことが多くて、ずっと気になっていたんだ」

次々と疑問を投げかけられ、シャルロッテは顔を強張らせた。

質問に答えるには、人生を繰り返している説明をしなければいけない。

もし今世がヴィムの理想の未来でなかったとしたら、再び逆行魔法が使われてしまう可能性もある。それは、どうしても避けたい。

ヴィムも王宮の調査官のように、顔色の悪いシャルロッテを見て引いてくれないかと願う。

しかし、彼の視線は緩むことはなく――

「先日も逆行魔法について興味を持っていたし……もしかしてシャルロッテ、あなたは人生を繰り返している？」

「――っ」

隠そうと思っていた意思に反し、シャルロッテの体はビクッと反応してしまった。

言葉にも勝る、肯定。

ヴィムの顔に、困惑の色がありありと現れた。

（もう、あらゆる言葉を並べても隠し通せなさそうね。誤魔化そうとしたところで、アルファス様を召喚されてしまったら、結局は過去のことを打ち明けるしかない）

諦めたシャルロッテは、ぎこちなく頷いてみせた。

「ご説明したいのですが、他の人には聞かれたくありません。このあと、私室にてお話しさせてください。転移して、先にお部屋で待っていていただけますか？　私は普通に戻るふりをします」

「わかった」

ヴィムの了承を得たシャルロッテは片手をあげ、遠くから見守っていた馴染みの使用人ふたりを呼んだ。

「信用しているふたりにお願いがあるの。これから誰にも邪魔されず、ふたりだけでヴィム様と重要な話をしたいの。誰にも聞かれたくないの……他の者にはヴィム様はお帰りになり、私は休んだと説明して、しばらく私室に誰も近づけさせないで」

もちろん使用人らは、難色を示した。人目に触れる仕立屋のときとは違い、私室となると話は別だ。主（あるじ）に好意を寄せるヴィムを、危険人物として警戒するのは当然のこと。

しかしシャルロッテの必死な眼差しと、ヴィムが真剣な表情で「誓って、問題は起こさない」

た。

と宣言したのが効いたのだろう。

　二時間が経ったら私室を確認するという約束をしたことで、使用人は渋々ながらも認めてくれた。

　私室でふたりきりになるなり、シャルロッテは正面のソファに座るヴィムに告げた。

「ヴィム様のご指摘の通り、私は時間の巻き戻りを体験しています」

「──っ、そうなんだね」

　彼は珍しく硬い表情を浮かべた。膝に載せられた拳にも、力が入っている。

　それはシャルロッテも同じ。辛い思い出を語るのは簡単なことではない。自身の手を強く握り、たっぷりと息を吸ってから説明を続ける。

「巻き戻りといっても、限定的な期間です。卒業パーティーで濡れ衣を着せられた私は、どんなに足掻いても断罪から逃れられず、六番牢に入れられて、そのうち毒を盛られて死んでしまいます……するとまた必ず、卒業パーティーの、アロイス殿下が婚約破棄を宣言された瞬間に戻るのですわ」

「また、必ず……？　巻き戻しは一度きりではないと？」

　低く硬い声色が、静かな部屋に波紋を広げる。

「はい。断罪から逃れられない運命を四回繰り返し、今は五回目の人生を送っているところ。今世はヴィム様が介入してくださったお陰で、奇跡的に逃れることができました」

「四回も死んでいるなんて……それも記憶を保持したまま、繰り返してきたと？」

シャルロッテが頷けば、ヴィムの顔から血の気が完全に失せた。唇を震わせ、力みすぎた拳が膝の上で白くなっていく。

「俺は……シャルロッテを四度も見殺しにしたというのか？」

その呟きは消え入りそうなほど小さいのに、絶望が重々しく乗せられていた。自分の行動が信じられないらしい。

しかし、シャルロッテは頷きも否定もしない。過去のヴィムのことを何も知らない状態で、無責任なことは言えなかった。

代わりに、自分が抱いていた疑問を投げかける。

「前世でヴィム様との接点はなかったので、私にはわかりません。ただ、無関係とも思えないのです。巻き戻るのは、必ず私が死んでから一か月の期間と決まっています。しかも、記憶を持っているのは私だけみたいで……この現象に心当たりはおありでしょうか？」

「……逆行魔法で間違いない。しかも一か月の長さとなると、俺以外の魔術師では不可能だろうな。つまり、俺がシャルロッテを何度も苦しめていた原因ってことか。最悪すぎる……でも、何も思い出せない。どうしても、思い出せないんだ。そういう魔法だから……ごめん……本当に、ごめん……っ」

声を震わせたヴィムは、膝に両肘をついた状態で頭を抱えた。表情は苦悶に満ちている。そこに大陸一の魔術師の威厳はなく、後悔に苦しむただの青年の姿があった。

そんなヴィムの姿を見て、シャルロッテに巣食っていたある恐怖が消えていく。

現状を知って心痛める純粋な人が、シャルロッテを苦しめてまで再び逆行魔法を使うはずがないという確信が、彼女の背中を押す。

「どうしてヴィム様が逆行魔法を使わなければいけなくなったのか、調べる方法はございませんか？　過去四回の人生で、ヴィム様と私に直接的な接点はありません。しかし、私だけが記憶を持っている理由がわからないままというのは、やはり気持ちが良いものではなくて」

「記憶がある原因は、おそらくアルファスの仕業だな。しかし、理由か……そうだね。この俺が一か月規模の逆行魔法を使ったということは、使わざる得ない事件があったはず。シャルロッテの断罪と共に、今世でその問題も回避されていればいいんだけど——アルファス、おいで！」

《やっほー♪》

ヴィムがパチンと指を鳴らしたと同時に、影から大きな狼が陽気に飛び出してきた。そして召喚した魔術師の足元でお座りをし、尻尾を振った。

《ヴィムったら、美形台なしの顔色の悪さだね。美味しそうな匂いがプンプンするよぉ♡　で、今日は一体何の用だい？》

「逆行魔法が使われた後もシャルロッテに記憶があるのは、アルファスのせいだね？」

《そうだよ。僕が記憶保持の魔法をかけたからね。つまり、どうしてヴィムが逆行魔法を使い、お嬢さんに記憶が引き継がれたか知りたい、ってところかな？》

「あぁ、俺の魔力と情報を交換したい」

悪魔との取引には魔力あるいは寿命が必要となる。膨大な魔力量を保有するヴィムは、躊躇（ためら）うことなく代償を提示した。

しかしアルファスは首を横に振った。

《魔力じゃなくて、今回はヴィムの絶望と後悔の感情を食べさせてよ。すごく、すごく美味しくて忘れられないんだ♡》

「今以上に、俺が後悔の気持ちを抱くって？」

《うん、そういう人生だったからね。知れば、君は必ず絶望する。その代わり情報は、ヴィム視点の記憶と感情をセットにして渡してあげる。僕が言葉で説明するよりも信憑性が高まるし、お嬢さんが希望すれば一緒に見せられるよ。どうする？》

こてん、とアルファスは頭を傾けた。可愛い仕草だが、言っていることは「絶望して」というもの。ヴィムの眉間にも皺が寄る。

「その方法は、ヴィム様の負担が大きすぎませんか？　他に方法は――」

シャルロッテは思わず腰を浮かした。

だが、ヴィムはすぐに彼女を制した。

「いや、アルファスの提案を受け入れる。シャルロッテをこんなに苦しめたのに、自分だけ逃げるなんて無理だよ。きちんと過去を知って、自分がしたことを俺は背負うべきだ」

「ヴィム様……っ」

「で、シャルロッテにも知る権利がある。俺のことは心配いらないから、あなたはどうしたい？」

魔術師の澄んだ青い瞳が、シャルロッテに向けられる。

記憶と感情というのは、本来であれば他人には取り繕ってから言葉で語るものだ。誰にだって知られたくない部分があり、隠したくなる。それが人間というものだろう。

だというのにヴィムは、シャルロッテにはすべて曝け出す覚悟があると言うのだ。彼の眼差しには、本気が滲んでいた。

本当に許されるのなら——とシャルロッテは、目に力を込めて本音を伝えた。

「見せてください。私も、真実が知りたいですわ」

「わかった。一緒に真実を見よう」

ヴィムは深く頷いてから、アルファスを見た。

《決まりだね！　意識を繋ぐから隣同士で座って、途中で解けないようにしっかり手を繋いで〜》

そうアルファスに指示され、ヴィムがシャルロッテの隣に移った。そして躊躇いがちに、指を絡めるように手を握る。

彼の握り方は優しいのに、指先はとても強張っていた。ヴィムは緊張しないタイプだと思っていたが、どうやら違うらしい。

（そうよね……今から絶望すると宣告されたのだもの、怖くないはずがない。なのに、自分の恐れ以上に私の気持ちを優先し、それを見せてくれようとしている。本当に誠実な方だわ）

シャルロッテは空いている手を、繋いでいるヴィムの手の甲に添えた。彼の手を包み込むように握った手に力を少し込めて、彼の勇気に感謝する。

あなた様のお陰でようやく、真実を知る機会が得られる――と。

《じゃあ、ヴィムの記憶の旅にご招待！　ふたりとも、素敵な夢を♪》

アルファスがそう言うなり、睡魔がシャルロッテを襲う。以前、悪夢を見させようとした夜にかけられた魔法と同じ感覚だ。

体に力が入らなくなり、ぐらりと前に倒れそうになる。

そのとき、ヴィムがシャルロッテの肩を引き寄せた。そして姿勢が安定するように、彼は自身の肩に愛しい人の頭をそっと載せる。ただ、その優しい手もすぐに下に落ちた。

ヴィムも睡魔に呑まれたようだ。

こうしてシャルロッテとヴィムは、意識をアルファスに委ねることになった。

向かったのは、現実と見分けがつかない夢の世界だった。

第七章『逆行の真相』

「ここは……？」

ヴィムの戸惑いの声が、広い空間で静かに響いた。

視界は薄暗く、光源は大きな窓から差し込む月明かりのみ。その窓のガラスはほとんどが割れ、半分には木の板が乱雑に打ち付けられていた。大理石でできた床には窓ガラスだけでなく、花瓶や食器など陶器の欠片や、砕け散った調度品が散乱していた。

目を凝らして奥を見れば、壁のあらゆるところが崩れ、金の額縁に収まっていた優雅な絵画には大穴が空いている。高い天井から吊り下げられている、灯りのない豪奢なシャンデリアだけが無傷で――明らかに異様な場所だった。

簡単にまとめれば、立派な貴族の屋敷で争いが起きた後、という光景だ。

「ダニエル？」

ヴィムは、確かめるようにそっと友人の名前を呼んだ。少し遅れてしまったものの、ダニエルに渡していた連絡アイテムに反応があったから転移してきたというのに、呼び出した本人の姿が見当たらない。

ヒヤリと、ヴィムの背中に冷たい汗が伝った。

ダニエルは、ヴィムの前では明らかに身分を偽っていた。本人は単なる景気のいい大商家の息子と言っていたが、それだけでは説明できないほど所作が綺麗で、妙な気品と威厳が備わっていた。

まさに、こんな豪邸に住んでいると言われても違和感がないほどで……。

「壊されたこの屋敷がダニエルの家とか、冗談よしてくれよ？」

鼻で笑ってみせるが、ヴィムの口元は引き攣っていた。

そのとき、エントランスから二階に続く階段から複数の人の声が聞こえた。だが聞き慣れた友人の声ではない。

ヴィムは壁際に寄って、壁と同化するよう幻影の魔法を発動させた。息を潜め、聞き耳を立てる。

「ダニエル・エーデルシュタインは一体どこに隠れたのか」

「屋敷が大きいと、探すのも一苦労だな。公爵夫妻も見つからないか」

「やはり夫妻は、ダニエル殿とは別行動で亡命に向かったのだろう。公爵夫妻の捜索は、別部隊の仕事だ。我々は、この屋敷に逃げ込んだダニエル殿を見つけることだが……この屋敷周辺に敷いた包囲網から、単独で出られるとは思えない。いったん引き上げ、日が昇ってから再捜索だ」

王宮所属の制服を着た騎士たちが、落胆した様子で半壊した正面扉から出ていった。

ヴィムは彼らが屋敷から離れた瞬間、魔力を屋敷全体に展開した。

（エーデルシュタインって、王家に次ぐアメルハウザー王国の大貴族じゃないか！　現当主になってから貿易で力をつけ、跡取り息子も商才があると有名な名家。家名を最近、どこかで聞いたような気がするが……いや、今は状況の把握だ。この有様は一体……ダニエル、どこだ？　ダニエル——ダニエル……いた！）

居場所のヒントは、想定よりも近くにあった。

魔力で辿った先はエントランスの階段裏で、そこには彫刻を失った台座が置かれていた。その麓には損傷した石膏(せっこう)の彫刻と、連絡アイテムである琥珀のブローチが転がっている。ダニエルの瞳の色とお揃いにした宝石で誂えた特注品だ。

ピンが歪んでいることから、落ちてしまったらしい。

（拾う余裕もなかったのか？　一体、君に何が起きたんだ!?）

不安で震えそうな手で台座を押せば簡単に動き、その下から床穴が見つかった。梯子(はしご)がかけられており、地下の隠し通路へと繋がっているようだ。慎重に降り、光源魔法で照らしながら奥へと進む。

途中で分かれ道があったが、ヴィムの足取りに迷いはない。コツ……コツ……と自身の足音がやけに響くのを感じながら間もなく、鉄製の扉の前に辿(たど)り着いた。ドアノブには、真っ赤な指跡が残っている。

ゴクリと、一度唾を呑んでから扉をノックした。

「ダニエル、俺だよ。呼んだくせに、出迎えてくれないとか酷くない？」

そう声をかけて数秒後、中から咳き込む音が聞こえた。待ちきれなくなったヴィムは魔法で解錠して中へ入り——視界に飛び込んだ光景に言葉を失った。

簡素な小部屋にはベッドがひとつあり、その上で服を赤く染めたダニエルが横たわっていた。

「悪いな……もう、動けそうにもなくて……」

快活な印象が強かった友人の顔色は真っ白で、ぎこちなく弧を描いた口元は赤で濡れていた。

「ダニエル！　これはどういうことだ！　どうして屋敷は荒れ、君はこんな怪我を！」

疑問をぶつけながらダニエルに駆け寄って、治療魔法を展開する。

しかし、まったく手応えがない。

治療の魔法は、その者が持つ回復力を限界まで高めるものだ。効果がないということは、手遅れという意味になる。

絶句するヴィムの顔を見たダニエルは、「やっぱりな」と苦笑した。

「折り入って、ヴィムに頼みたいことがある」

「俺ができることなら！」

間髪を容れずヴィムは返事をする。

「妹の遺体を、王家から取り返してほしい。王宮のどこかに、隠されているはずだ」

「妹……それって、ダニエルがよく毎回自慢していた、ロッテのこと？」

ヴィムとダニエルは、会えば一緒にお酒を飲むことが多かった。

互いに好きなことを語ることが多く、片方が語っている間は聞き役に徹するのが暗黙の了解だ。ヴィムは研究中の魔法や魔道具について、ダニエルは妹と婚約者への愛を語ることがほとんど。

そんな妹ロッテといったら――優雅な振る舞いは目を引き、同世代の女性の憧れの的。普段の態度はクールなことが多いが、微笑めば大輪の花が咲いたように場が明るくなる美貌の持ち主。一方で性格はなかなか素直になれない、照れ屋さんなところが可愛らしい女の子。

ヴィムの耳にたこができるくらい、ダニエルはそう語っていた。問題を起こすような女性ではないと認識していたが……。

「妹の本当の名前は、シャルロッテ・エーデルシュタイン。王太子の婚約者だった」

その瞬間、相槌も打てないほどの衝撃がヴィムを襲った。

脳裏に、一か月前に行われた学園の卒業パーティーの光景が蘇る。

シャルロッテ・エーデルシュタインとは、そのとき断罪された令嬢の名前だ。見た瞬間に、心臓を掴まれるような感覚があったほどヴィムが惹かれた美しい人。

しかし、アロイスが高らかな声で罪状を述べた直後、シャルロッテはすぐに逃亡を図った。ヴィムは記憶を思い起こしてみるが、彼女の逃亡劇は大変お粗末なものだった。

シャルロッテが「酷いですわ」と訴えながら急に扉に向かって走り出したと思ったら、騎士に捕まってしまったらあとは一切の抵抗を見せずに受け入れていた。静かに連行されていったシャルロッテの背には、諦めの念が濃かった。

反論も弁明もしないということは、罪を犯したと認めたようなもの。

そんなシャルロッテを見て、高まったヴィムの心は一瞬にして冷えたのだった。

これまでのヴィムは、自分の持つ力の大きさを自覚し、特定の貴族や王族に縛られないよう動いていた。

もしここでシャルロッテを庇(かば)えば、罪人の逃亡を幇助(ほうじょ)したとして、ヴィムも共犯者として追われる身になってしまうだろう。それはアメルハウザー王家に弱みを握られるのと同義。後々、ヴィムを利用するときの交渉材料にされるのは明らかだ。

ヴィムが庇うとしたら、シャルロッテの無実が確信できるほどの何かがあった場合に限る。

しかし卒業パーティーのときの彼女からは、それが見出せなかった。

罪人シャルロッテにも、祝いの場である卒業パーティーで断罪を進めたアロイスにも、それを認めた国王にもうんざりしたヴィムは、その場で学園の講師の話を蹴って帰路に着いたのだが——

「王太子の元婚約者って、罪を犯して投獄されたと聞いたことがあるけれど。卒業パーティーでも、逃げようとしたらしいじゃないか」

心臓が冷えるのを感じながら、他人事のように質問をぶつける。

「冤罪だ。あげられた罪状を見たが、絶対にシャルロッテが手段として選ばないものばかり。牽制として効果が薄そうな手ぬるい方法である上に、無駄に回数を重ねるなんてあり得ない。あの子が逃亡しようとしたのは、何か理由があるはずだ……それか、逃げるしか選択肢がないと判断したか」

ダニエルの言葉には、妹に対する絶対的信頼が見える。妹愛がいくら重くても、彼は公平さを忘れない人だということも、ヴィムは長い付き合いで知っていた。

（つまり俺は、無実だったダニエルの妹を見殺しにしたということ……？）

ダニエルは体力を温存するためか目を瞑っていて、友人の魔術師が浮かべている表情には気付いていない。そのまま言葉を続けた。

エーデルシュタイン家と王家は表立って対立こそしていないものの、国政の方針の違いもあって、これまでは互いに距離を置いていた。

そんなエーデルシュタイン家の影響が年々増していることに脅威を抱いた王家は、首輪を繋ぐためにシャルロッテとの婚約を強引に進めた。

そうして王家は、公爵家より優位であることを見せつけるため、シャルロッテには常に従順であることを求め、その裏では失敗があれば糾弾しようと監視がつけられていたようだ。

特に婚約者の王太子アロイスは、その機会を虎視眈々と狙っていたらしい。

しかし、シャルロッテは完璧すぎた。

ついにアロイスは罪を捏造するに至り、婚約破棄を言い渡すことになる。それだけに留まらず、王宮の地下牢に投獄してしまったというのだ。

ダニエルが忍び込ませたスパイの情報によると、処刑を待つ罪人が入るような牢だという。

もちろん、エーデルシュタイン家はシャルロッテの解放と、無実を証明するために全力を注いだ。

だが王家は、罪人の身内には証拠を公開できないとし、再調査を要求しても無視をし、柵越しの面会すらも一切許さなかった。

そして今日から三日前、ついにシャルロッテは獄中で息を引き取ったと連絡が届いた。死因は風邪（かぜ）をこじらせてそのまま、というもの。

到底信じられない報告だったが、さらに王家はシャルロッテの遺体は返さず、王家で処理するとまで言い出した。

これをきっかけに、エーデルシュタイン家は王家への忠誠を完全に捨てることを決断。

シャルロッテの死が伝えられた日の夕方——ダニエルを筆頭に公爵家の騎士たちは、王都の神殿に向かった。元婚約者の死の報告と葬儀の相談をするというアロイスを待ち構えるためだ。

王家そのものは崩せなくても、元凶のアロイスの首だけは取りたいという一心だったという。

そんな覚悟を裏切るように、アロイスの教会訪問の情報は、誘導された罠だった。

何日も前から忍び込ませていたらしい王宮騎士の数に押されたダニエルらは、指揮を執るアロイスが目の前にいるにもかかわらず、撤退を余儀なくされた。

そうして一刻の間も空けることなく、エーデルシュタイン家の屋敷は王家の騎士からの攻撃を受けた。王家を刺激しないよう戦力を余計に持っていなかった公爵家は騎士の数で圧倒的に劣り、二日で陥落。今に至るという。

「シャルロッテの断罪も、我が家に反旗を翻させ、潰すための誘導だとは勘づいていた。だが一族の至宝を蔑ろにされ、貴族の誇りをも踏みにじられたまま、我が家は黙っていることはできなかった。私が父から爵位を譲り受けたところで、臣下として王になったアロイス殿下に忠誠を誓うことなどできるはずがないだろう？」

ダニエルは赤く染まる自身の腹に手を当て、苦痛に顔を歪めた。

ヴィムはぐっと眉に皺を寄せ、麻痺の魔法を展開する。

すると、少しだけダニエルの表情が和らいだ。それでも顔に赤みが戻ることはない。

「ねぇ、ダニエル……他の家族は？」

「両親は、私の婚約者のいる国に亡命に向かっている。追っ手に捕まっていなければ良いが……他に兄弟はいないし、親類には罪が被らないよう手を回した。私を庇い捕まった使用人や騎士には、強要され逆らえなかったと言うように命じたが、どうなるか……」

「いい使用人たちに恵まれたんだね」

「そうだな。アロイス殿下に宝物を奪われたことを、私と一緒に憤ってくれた素晴らしい者たちだ」

口元を緩めたダニエルは、とても誇らしげだった。

ヴィムは、ダニエルに頼られた使用人らが羨ましくて仕方ない。

だが、シャルロッテを見捨てた自分が「どうして俺に助けを求めてくれなかったの？」なんて言える資格はなく……聞いたところで「この私が、親友を無関係な危険ごとに巻き込むわけがないだろう？」と返されるのがオチだ。

試しに「俺が、アロイスの首を取ってこようか？」と問えば、「馬鹿が……親友を人殺しにするつもりはない」と迷うことなく告げられてしまった。

ただその声はかすれ、弱々しい。ヴィムがダニエルの顔に耳を寄せないと聞き取れないほど。

「仇討ち（あだう）ちは必要ない……ただ……今はもう、シャルロッテを……取り戻したいだけなのだ」

「ダニエルのところに、連れてくればいい？」

「あぁ……それで、森の奥深くに……一緒に埋めてほしい。静かに、寝られる……場所に……」

ずっと閉じられていた瞼がうっすらと開き、アンバーの瞳が覗く。もう見えていないのか、視点が定まっていない。

「頼む……妹を助けてくれ……ひとりにしたくない……もう、これ以上寂しい思いは、させたくない……ヴィム、頼む……頼む……」

「――っ、任せて。すぐに、連れてきてあげる」

「あぁ……我が親友よ、感謝する……シャルロッテを……頼……んだ……」

アンバーの瞳から、わずかに残っていた光が消えた。苦し気に上下していた胸も、ピタリと動きを止めている。名前を呼んでも、返事はなく……。

数分、それを呆然と眺めていたヴィムだったが、そっとダニエルの目元に手を添えてから転移の魔法を発動させた。

転移した場所は、王宮の奥にある部屋のひとつ。客室のような内装であるものの、小さめの窓には鉄格子が嵌められていた。罪を犯した王族を幽閉する、隠し部屋だと推察できる。

その部屋の中央には黒い棺が置かれていた。

ヴィムはそっと蓋を外し、奥歯を強く噛み締めた。

花も飾られていない簡素な棺の中では、目的の人物が永遠の眠りについていた。

黒髪はすっかり艶を失って絡み合い、頬はこけ、唇は割れていた。腹の上で組まれた手の爪には栄養失調独特の歪みが出ており、先はギザギザに欠けている。着せられている服も、綺麗とは言い難い有様だ。

ヴィムの記憶にあった、あの完璧に整えられた美しい令嬢の面影は一切残っていなかった。たった一か月で、ここまで人は変わり果てるのかと不思議に思うほど。

あのとき助けていれば――と、後悔が彼を押し潰そうと襲ってくる。

しかし今は立ち尽くしている場合ではない。親友との約束を果たすべく、ヴィムはぎこちない笑みを浮かべた。

「……はじめまして、レディ。ダニエルのところに帰ろうね。失礼するよ」

相手は親友の妹だ。丁重さを心掛けながらシャルロッテの体を横に抱き上げれば、その軽さに胸が酷く痛んだ。
そうしてエーデルシュタイン家の隠し部屋に戻り、小さなベッドに黒髪の兄妹を並べた。

ダニエルがあれだけ再会を切望し、シャルロッテも同じ気持ちだったはずだというのに、どちらも静かに眠ったまま。

言葉を交わすことも抱擁もない、感動や喜びとは無縁の、酷く虚しい再会となった。

何もかも手遅れだったと、虚しい現実を突き付けてくるだけだった。

「王太子アロイスめ……よくもこんな酷いことしてくれたな。それを許した国王も同じだ。汚いやつらだ……許せない。消してやる。ダニエルとロッテの前に引きずり出して、後悔させてから――」

そう怒りが込み上げたものの、この兄妹はもう許すことも許さないこともできない。そしてヴィムが勝手に王族の首を取ってしまったら、親友を人殺しにしたくないと言ってくれたダニエルの気持ちを無駄にしてしまう。

「やっぱり、卒業パーティーのときに俺が割り込んでいれば……っ」

運命の分かれ目は、あの瞬間だったと今ならわかる。断罪に介入し、シャルロッテの無実を証明することができたら、彼女もダニエルも死ななかっただろう。

一目惚れしたシャルロッテに好意を示すチャンスがあって、シスコンのダニエルに怒られつつも仲良くお酒を飲んで、いつか三人で――と、逃してしまった都合のいい未来まで想像してしまう。

もちろん、それは自ら手放してしまった夢でもあって……ヴィムは、怒りと後悔に支配されていく。

「ダニエル……俺やっぱり我慢できないよ。君と君の大切な妹を殺したやつらが、のうのうと生きているなんて許せない。殺すのが駄目でも、苦しめるのはありだよね？　シャルロッテ嬢はどう思うかな。あなたを苦しめた人には、同じくらい苦しんでほしいよね？」

そう話しかけるヴィムの口元は歪な弧を描き、青い瞳は虚ろになっている。

もちろん許せない人の中にはヴィム自身も含まれていて、処理しきれない感情のせいで頭がどうにかなりそうだ。そのときだった――。

《ねぇ、僕がアドバイスをあげようか。今のヴィム、美味しいからサービスするよ》

呼んでもいないのに、突然アルファスが姿を現した。ヴィムの醜い感情を嗅ぎ付けたのか、ぺろりと舌なめずりをする。

こういうときのアルファスは、悪だくみをしている場合が多い。

悪魔の快楽に付き合っていては、身を滅ぼすだけ。そう普段なら聞き流すところだが、冷静さを完全に失っているヴィムは悪魔の囁きに耳を傾けた。

「何かいい方法でも？」

《逆行魔法を使って、やり直せばいいじゃないか》

「そう簡単に言うが、逆行魔法は記憶も巻き戻って消える。それは魔術師の俺も例外じゃない。誰も覚えていなければ同じことを繰り返すだけで、逆行魔法の意味がない。あぁ、なるほど。それが目的か」

過去を変えることができなければ、再びシャルロッテとダニエルは死に、ヴィムは絶望に落とされる。人間が生む負の感情を好物とする悪魔にとって、今のヴィムは最高の餌だ。

逆行魔法を行使した魔術師が世界の理（ことわり）から消されるまで、何度も食べる気なのだろう。狙いを看破したヴィムは鼻で笑って、アルファスを強制的に悪魔の世界に還（かえ）そうとしたが――

《僕なら、ひとりだけ記憶を保持させることができるよ。言ったじゃないか、サービスするって》

「――本当か？」

思わぬ提案に驚いたヴィムは魔法を止め、アルファスを凝視した。

《僕は感情と記憶を司（つかさど）る悪魔だよ。たったひとりなら、逆行魔法の影響から守ることができるけど……どうする？》

それは願ってもいない助力だった。過去を変えられる可能性が、一気に跳ね上がる。

悪魔の提案に善意はあり得ず、必ず代償が求められる。

そうわかっていても、ヴィムは縋らずにはいられない。今なら魔力でも、寿命でも、魂であっても差し出せる。すぐに思考は逆行魔法の巻き戻し可能時間の計算と、記憶を保持させる対象者の選定に移る。

逆行魔法は世界の理に干渉する大魔法のため、魔法によって生じる時間の流れや自然の摂理の歪みを少なくする必要がある。理から大きく外れると、逆行魔法そのものが失敗に終わる。整合性を取る必要があった。

「逆行魔法の適応範囲は大陸全土。魔力の残量を考えたら、一か月が限界。確か卒業パーティーがあったのは……くそっ、ちょうど一か月前か！」

巻き戻るのが断罪前であることが理想だったが、断罪中あるいは断罪後の可能性も出てきてしまった。

「誰だ……誰が運命を変えてくれる？」

卒業パーティーの日、ダニエルは仕事で国外におり、両親のエーデルシュタイン公爵夫妻は屋敷にいる。記憶が蘇ったタイミングによっては、シャルロッテ救出に間に合わない可能性がある。では王立学園の教員たちは……と思うが、卒業パーティーの様子を見る限りアロイスに強く出られない者ばかりだった。それは生徒も同じで、候補から外す。アロイスと国王は論外。逆行魔法を行使するヴィム自身も駄目だ。

つまり残るは――

「シャルロッテ嬢、あなたに願ってもいいだろうか？」

ヴィムは眠るシャルロッテの横に跪き、許しを乞う言葉を告げた。

もしシャルロッテが断罪の回避に失敗すれば、次の時間軸のヴィムも逆行魔法を使い、同じことを繰り返すだろう。やっと解放された彼女を、再び苦しみの輪に戻すなどあまりにも酷なこと。

その罪悪感に決意が揺らぎそうになるが、躊躇っている間にも時間は過ぎてしまう。ヴィムには、もうシャルロッテに頼る道しかないのだ。

「アルファス、逆行魔法を発動させても？」

《いつでもいいよ。じゃあ、記憶保持の対象者であるお嬢さんに触れて発動してね》

「わかった」

腹の上で組まれているシャルロッテの手に、ヴィムは自身の手をそっと重ねた。

氷のように冷たく、折れそうなほど細い手だ。

「すべてを背負わせて、ごめん。会場の影に隠れている俺に気付いて。そして俺を利用して。今度こそ愚かな俺に、あなたを助けるチャンスをくれ。俺の親友を守ってくれ――シャルロッテ嬢、お願いだ。どうか、世界を変えてくれ」

涙声でたくさんの願いを込めながら、彼は逆行魔法を発動させた。可能な限り時間を巻き戻そうと、ありったけの魔力を注ぎ込む。

部屋は可視化した魔力の光で満たされていく。

そして視界は白一色に染まり、意識は途切れたのだった。

◇◇◇

意識が急浮上し、ハッと気が付いたシャルロッテは、眠る前と同じくソファに座っていた。手はヴィムと固く繋がれたままだ。

アルファスは尻尾を振って楽しそうにこちらに視線を送っている。

《ふたりともいい感じに美味しいね。記憶の旅には満足してくれたみたいで、僕も嬉しいよ。じゃあ、あとはふたりでごゆっくり〜♪》

アルファスはご機嫌な様子で、勝手に影の中へと帰っていった。

シャルロッテとヴィムは、何の反応もできずにそれを見送る。

見せられた過去の記憶があまりにも重たく、ふたりは呆然と座っていることしかできない。

（私だけではなく、お兄様まで死んでしまっていたなんて……お父様とお母様は亡命のために国外を目指したとは言っていたけれど、あのアロイス殿下が見逃すはずはないわ。両親も……捕まった使用人たちも、きっと無事ではなかったはず……！）

シャルロッテは自分のことで精一杯で、残された人のことまで考えが及んでいなかった。四回も断罪された経験を持つのに……と恥じて、静かに下唇を噛んだ。

そのとき彼女の手から、ヴィムの手がさっと引き抜かれた。

追うように視線を隣に移せば、彼は両膝を床につけてシャルロッテを見上げていた。その青い両方の瞳は悲哀に満ち、涙で濡れていた。

「シャルロッテは、これが五回目の人生だと言っていたよね？　今アルファスが見せたのは四回目の人生……その前の断罪であなたは、アロイス殿下に何か反論はしたのだろうか？」

たっぷり間を開けてから、シャルロッテは重々しく口を開いた。

「初めてのとき、私は自分の無実を主張しました。犯していない罪を被せられることなどあり得ないと、信じ切って。でも、捏造された証拠を前に誰も信じてくれませんでした」

「うん」

「二回目は、感情のままに無実を訴えました。それでも、誰にも届きませんでした」

「……うん」

「三回目は、エーデルシュタイン家に話を持ち帰り、仕切り直したいと願い出ました。それも叶わず、断罪は強行されました」

「――っ」

「そして四回目が、先ほどの夢でヴィム様が思い出していた姿の通りです。そして必ず一か月後に、牢の中で……」

ヴィムは、白くなるほど拳を強く握った。青い瞳を大きく揺らし、シャルロッテを見上げ続ける。

「すべての時間軸でアルファスに乗せられた俺は、ダニエルを失うたびに、まったく同じタイミングで逆行魔法を使っていたってところか。そして悪魔の望み通り繰り返したと……あなたを見捨てたあげく、苦しみのループに放り込んでいたなんて。それも何度も。じゃあ、今回の……五回目のやさぐれた姿は戦略でもなんでもなく、必死に足掻いたあとの、心折れた姿だったんだね？」

躊躇いがちにシャルロッテが頷けば、ヴィムの顔は苦痛でますます歪んだ。

「苦しかったよね？　辛かったよね？　自ら死にたいと思うほど、追い込んでいたなんて。本当……どう償ったら良いのか……ごめん……本当にごめん」

ヴィムは頭を下げ、あろうことか手と一緒に床につけようとする。

シャルロッテは慌ててソファから下りて、彼の肩を押し上げた。

「おやめください！　ヴィム様は、私たち兄妹を助けようとしただけでしょう？」

「だけど、俺はあなたを何度も」

「それでも、お兄様が死んでしまう世界よりいいですわ。私も耐えられませんもの。ヴィム様の選択が間違いだなんて言えません。今の私が家族と一緒に過ごすことができるのは、人生をやり直すチャンスを生み出してくれたヴィム様のお陰です。感謝しております」

その言葉が信じられないのか、ヴィムは目を丸くした。過去の彼は、シャルロッテには酷い仕打ちしかしていないと思っているらしい。

しかし真実を知ったシャルロッテは、恨むどころか感謝の気持ちの方が強かった。

「俺は、卒業パーティーで見捨てたんだよ？」

「それはお兄様が身分を偽っていたのですから、私が妹だと知らなかったのは仕方のないことですわ。王家に首輪を繋がれるリスクを負ってまで、見ず知らずの他人を助けようなど、よっぽどのことがないと決断できませんもの。悪いのは、アロイス殿下と協力した人たちでしてよ」

先ほど人生四回目の自身の姿を見たが、シャルロッテ本人でも助けようとは思えなかった。どう見ても、苦し紛れに逃亡を図る罪人だった。

また国王がそばにいて、証拠があると耳にしていたとしたら、学園の部外者で国外の人間であるヴィムは傍観するのが正解だ。

介入してくれた今回が、奇跡だったと言える。

シャルロッテ断罪の件は、仕方のない状況だった。その代わりヴィムは、ダニエルのために駆けつけ、最期を看取ってくれた。

そして遺言を実行に移すため、王宮に忍び込んでシャルロッテを兄のもとに帰してくれた。

追憶魔法から伝わってきたヴィムの感情は痛々しく、まさに絶望という表現が相応しい。親友の死を悼み、王家への怒りを燃やし、シャルロッテに深く懺悔（ざんげ）していた。

そんな人をどう責められようか。悪の根源はアロイスだというのは明白。

シャルロッテはヴィムの肩に置いていた手に力を込めた。

「私に未来を託してくださり、ありがとうございます」

「――っ」

「それと謝られるより、褒めていただきたいわ。私、とても頑張ったと思いますの」

彼女は「ね？」と同意を求めるように、微笑みを浮かべて首を傾けた。

すると、ヴィムの瞳からはまた大粒の涙が溢れてしまう。だが浮かべた表情は悲痛なものではなく、眉の下がった困り気味の笑みだった。

「ヴィム様？」

「ごめん、シャルロッテがあまりにも慈悲深くて感動してしまった。女神の生まれ変わりかな？」

「女神だなんて、相変わらず例えが大袈裟ですわね」

「大袈裟じゃないよ。あなたが謙虚すぎるんだ」

ヴィムは自身の手の甲で涙を拭うと、表情を引き締めた。肩に乗っていたシャルロッテの両手を下ろし、大切そうに彼の両手で包み込む。

「俺の願いを叶えてくれて、世界を変えてくれてありがとう。卒業パーティーで何度も行動を変え、未来を変えようとしてくれてありがとう。シャルロッテのお陰で、ダニエルとまたお酒が飲める。夢に見た三人での茶会ができている。間違いなく、シャルロッテは俺の救いの女神だよ。あなたに感謝を」

そうしてヴィムは、包み込んでいたシャルロッテの手の上に魔術師の首飾りを載せ、重ねるように自身の額を当てた。魔術師がする、忠誠の証だ。

「何があっても、誰が敵になろうとも、これから先ずっと俺はシャルロッテの味方だと誓う。だから図々しいのは承知で、再び機会を得ることも許してくれないだろうか？」

「一体、何の機会を？」

「あなたに愛を乞う機会を」

ヴィムは顔をあげ、奥に炎を宿した青い瞳でシャルロッテを見つめた。

その眼差しを送られた彼女の胸の奥は、ぎゅっと締め上げられる。

「俺は、シャルロッテに惚れ直してしまった。この世であなたほど美しく、優しい女性はいない。大変な思いをさせてしまったけれど、それ以上に俺が幸せにしてみせる。魔法も、財産も、時間も、この身も命も何もかもをシャルロッテに捧げたい。今一度、俺と歩む人生を考えてくれないだろうか」

力強いと思っていた彼の眼差しは、拒絶を恐れて揺れていた。声も、自信に満ちたいつもの調子ではなく、懇願するような切ないもの。

ヴィムなら、元婚約者のようにシャルロッテをぞんざいに扱うことはないだろう。

ときどき強引なときはあるけれど、ヴィムはシャルロッテが本当に嫌がることをしたことがない。その強引な行動も、彼女の気を引いたり喜ばせたりしたいという、相手を思う恋心が原因。

親友のために大陸全土の時間を巻き戻してしまう、純粋で情が深い面もある。

正直、シャルロッテはヴィムに惹かれてしまっている。この人に愛される日々は、きっと甘くて素敵なのだろうと、想像しただけで幸せな気分になれる。

（でも、それは永遠に続いてくれるの……？）

元婚約者アロイスとシャルロッテは、十年もの付き合いだった。

基礎教育では同じ部屋で授業を受け、休みには同じテーブルでお茶を飲み、手を繋いで散歩もした。成長してからは揃って公の場に出ることも増え、夜会や茶会は一緒が当たり前。国内視察や国外貴族のもてなしなど、協力する仕事も多かった。

互いの両親よりも、長い時間を過ごしてきたかもしれない。そこに恋心はなかったが、仕事のパートナーとしては信用を得ていると思っていた。

しかし、アロイスは容赦なくシャルロッテを裏切った。

穏便に婚約を解消する方法の模索もせず、相談も一切することなく、陥れて殺すような手段をとった。

（十年も一緒にいたのに……アロイス殿下は、裏切りを躊躇する程度の情すら私に持ってくださらなかった……愛情はなくても、友情くらいはあったと思っていたのに）

それだけ自分はつまらない存在だ。そんな自分が、ヴィムの愛を長く繋ぎとめられるはずはないと思ってしまう。自信が持てないシャルロッテは、どうしても臆してしまっていた。

恋心を持っていなくても、アロイスの裏切りは堪えた。好きになってしまった人からの裏切りは――気持ちが自分から離れていくのは、もっと辛いに決まっている。

それなら最初から手に入れなければ良い。

しかし自分からヴィムの願いを断る勇気もなく、シャルロッテは視線を彷徨わせた。顔は熱くて仕方ないのに、心は不安で冷たい。

するると相手からの視線が緩んだ。

「色々と考えたいこともあるだろうし、返事はゆっくりでいいよ」

「……申し訳ございません」

「謝らないで。我が儘を言っているのは俺だし、迷うことは何も悪いことじゃないよ。もし俺に不安なところがあったら、遠慮なくいつでも聞いて。あなたに隠し事はしないと約束するから」

ヴィムはニコッと明るい笑みを浮かべると、立ち上がった。そして握っていたシャルロッテの手を誘導し、ソファに座り直させた。

「図々しいついでに、またお茶を飲みに訪ねることも許してくれる？」

「……ええ、それは大丈夫ですわ」

「良かった。甘くて美味しいケーキを持ってくるよ」

そうしてヴィムは「またね」と言って、転移魔法で帰っていった。

シャルロッテは、残っている彼の温もりを守るように両手を胸元に寄せた。少しずつ失われていく熱に切なさを感じる。ずっと手を繋いでいられる距離に焦がれそうになった。

「本当に、真っすぐなお方だわ。一緒にいたら、私もそうなれるかしら？」

そうだったらいいのに、と思いながらシャルロッテは私室の扉を押した。

廊下の先には、お願いごとをしていた使用人が驚いた表情を浮かべ駆け寄ってきた。

悪魔の追憶魔法で見た夢は、現実では数分での出来事だったらしい。時間を確認したら、私室に入ってから一時間しか経っていなかった。

そしてシャルロッテの髪やドレスに乱れはなく、顔色は先ほどよりも良い。大切な主が無事だったことに、使用人のふたりは安堵した様子を見せた。

主人想いの彼女たちだ。逆行魔法がなければ、襲撃の巻き添えになっていたかもしれない。

シャルロッテは、そんな使用人らに心配をかけたことを詫び、同時に感謝を伝えたのだった。

ループの真実が明らかになって以降、シャルロッテはヴィムについてどう答えを出せば良いのか悩んでいた。

現時点では、ヴィムのシャルロッテへの愛は本物だと疑いようがない。

追憶魔法で過去を見た日から、ヴィムは休まず毎日エーデルシュタイン家に通うようになった。

それでいて、愛情表現は変わらず大袈裟なくらい真っすぐ。むしろ以前のような軽さがなくなった分、愛の重さを感じるほど。

それがとても嬉しいのに、やっぱり頷けない。

(問題は私にある。けれど、どうしたら自信と勇気が持てるようになるのかしら？　教養や作法、流行についてなら、あんなに強気になれるのに……駄目ね)

部屋でひとり過ごしていると、落ち込んでしまいそうになる。

だから毎日のヴィムの茶会通いは、悩みの種でありつつ、気晴らしにもなっていた。彼と一緒にいる時間だけは、気分が弾むようだった。

もし、問題点をあげるとしたら――

「アメルハウザー王国で過ごしにくいようなら、シャルロッテが過ごしやすい国と屋敷を用意しようと思うんだけど、好みはある？」

このようにヴィムの貢ぎ癖が加速していることだ。

実際にヴィムの母国は彼の手によって滅び、現在は隣国のクロムハイツ王国に接収されてしまっている。

諸外国の内情に詳しい兄に聞けば、クロムハイツ王国はヴィムに頭が上がらない状態らしい。都合のいい小国や領地くらい、本当に用意できそうだ。冗談でもヴィムの提案に頷いてはいけない。

「お気持ちだけで十分ですわ。お金は大切にした方がよろしくてよ」

「心配してくれるの？　優しいなぁ。でも安心して？　今、俺が開発した魔道具はクロムハイツ王国と専売契約を結んでいるけれど、あと十年したら自由売買が可能になる。各国がこぞって買ってくれる自信作ばかり。増産を可能とする魔法も間もなく完成するし、本気になれば大陸一の富豪だって夢じゃないよ」

ヴィムは軽く目を細め、整った顔に艶のある笑みを浮かべた。テーブルを挟んで正面に座るシャルロッテに送る眼差しは求めるように熱く、口元に浮かぶ弧は計算されたように美しい。

「シャルロッテに不自由はさせないよ。あなたがほしいものは、俺がすべて用意してあげる」

なんて甘美な誘惑なのだろうか――と、シャルロッテは気付かれないように息を呑んだ。

今彼女がほしいのは、お金や屋敷よりも永遠の愛と己の自信。それも用意してくれるのだろうかと、期待してしまう。

聞いてしまえば、求婚を受けるのと同じ意味になる。覚悟が決まっていない今、聞くにはまだ早い。それでも渇望している彼女の心は、求めるように口を開かせようとする。

そのとき、茶会に参加者が追加された。

「ヴィム！　シャルロッテを物で釣ろうとするな。土地と屋敷くらい、私が用意する」

兄ダニエルが、当然のようにシャルロッテの隣を陣取った。

ヴィムの眉間に深い皺が刻まれる。

「ねぇ、ダニエルって本当に魔力ゼロ？　いつもいいタイミングで現れるけど、何を感じ取っているの？」

「世の兄には、妹専用の勘が備わっているものだ。私の場合、ただそれが最高レベルなだけ」

「うげ。さすがに気持ち悪いよ。シャルロッテもそう思わない？」

「シャルロッテは世界で最も素晴らしい妹だから、そんな残酷なことは思わない」

ごめんなさい。少しだけ引いています――と思ってしまったことをおくびにも出さず、シャルロッテは「ふふ」と笑って誤魔化した。

（お兄様が来てくださって良かったわ。甘えて、流されるようにヴィム様に聞いてしまうところだった）

そう安堵しながら彼女は、ヴィムとダニエルのじゃれ合いを見守る。ふたりのやり取りは相変わらず子ども同士の喧嘩のようで、見ている分には面白い。

もちろん仲の良いふたりの喧嘩は長引かず、自然と思い出話や各国の情報交換へと移っていった。

とても平和だ。ずっとこの時間だけが続けばいいのにと思うほど、この時間は心地が好い。

しかし水を差すように、昨夜シャルロッテ宛に届いた手紙の内容を思い出してしまう。

〝アロイスが、シャルロッテ嬢に直接謝罪をする機会を求めている。考えてくれないだろうか〟

手紙には、国王からのお願いごとが書かれていた。

元婚約者アロイスが六番牢から出られる条件は、彼の反省が認められた場合としていた。先日、その反省の色が見えてきたため、個室への移動を検討しているとも連絡はあった。

シャルロッテおよびエーデルシュタイン家は異議を申し出ず、国王に一任してあったのだが……。

（陛下の親心としては息子に謝罪の機会を与え、更生の兆しがあるのを確認したいのでしょう。お父様たちは断っても良いとおっしゃってくれたけれど、どうしようかしら）

追憶魔法で、国が想定以上に戦力を有しているところを見たばかりだ。エーデルシュタイン家が、今後もアメルハウザー王国で存続するためには、王家を敵に回すのは良くない。不本意であっても、追随している姿勢を見せた方が都合のいいことが多いだろう。

そして会うだけでなく、表面上はアロイスの謝罪を受け入れ、王家に貸しを作った方が得策だ。

（これまでずっと私のために動いてくれた家族や使用人を守るためなら、見たくもない御方の顔くらい我慢いたしましょう）

シャルロッテは紅茶で口をしっかりと潤してから、口を開いた。

「陛下からの手紙の件、お受けしようと思いますの」

ダニエルは渋面を浮かべた一方で、手紙の件を知らないヴィムは懐疑的な視線を送ってきた。

事情を説明すれば、ヴィムもダニエルと同じ顔になる。

「俺も同行しようか？　アルファスを呼べば、本当に心からの謝罪か判別することもできるけど」

「それには及びませんわ。目的は国への貸し作り。王家が、エーデルシュタイン家に恩を感じてくだされば良いのです。心からの謝罪をいただいたところで、私も心から許せるとは思えません。どちらにしても、アロイス殿下の本心はさほど重要ではございませんわ」

「そっか……じゃあ俺の出番はなさそうだね」

少し悔しそうに頬杖をつくヴィムの肩を、ダニエルが優しく叩(たた)いた。

こうしてシャルロッテは、アロイスと面会することにしたのだった。

◇◇◇

面会の場は、すぐに整えられた。

返事を送った翌週、シャルロッテはダニエルを伴って王宮を訪れていた。

ふたりが案内されたのは応接間のひとつで、中央のテーブルには椅子が二脚だけ用意されていた。テーブルの上にはアフタヌーンティー用の菓子やお茶が並べられている。

シャルロッテはその席に座るよう促され、同行していたダニエルは彼女から少し離れた背後の席に座るよう促された。

彼の席も、中央のテーブルと同じく椅子二脚と、もてなしの用意がされている。

兄妹は視線を合わせて頷いてから、それぞれの席に腰を下ろした。

お茶に手を付けずに待つこと数分、応接間の扉がゆっくりと開いた。集団を率いる先頭は国王。

シャルロッテらは挨拶をするために腰を浮かそうとするが、国王が軽く手をあげて制す。

「今日はこちらの我が儘で来てもらっているのだ。楽にしてくれ」

「そういうことであればお言葉に甘え、失礼いたしますわ」

シャルロッテは腰を下ろし、軽く顔を伏せて礼の代わりとした。そしてゆっくりと顔をあげ、国王の後ろから入室してきた元婚約者を見つめた。

（やはり、そうよね。私とは違う）

約二か月ぶりに見たアロイスは少しやせた様子だが、思ったほど変わってはいなかった。

輝きは落ちたものの金色の髪は絡むことなくサラリとし、さっぱり整えられている。ルビーのような赤い目の下にはうっすらと隈があるが、肌が荒れていたり汚れたりしているわけではない。指先も傷ひとつなく、良好な状態と言えよう。

そんな彼は、王族としては質素な服装、されど平民では買えないような上質なシャツとスラックスに身を包んでいる。

同じ六番牢に入れられたとはいえ、置かれた環境はシャルロッテとは随分と違ったようだ。

身なりは公爵令嬢への謝罪の場に相応しく整えたとはいえ、健康な肌や髪艶は一朝一夕で得られるものではない。食事と衛生環境は、一定の水準が保たれていたことが窺える。

シャルロッテは苦笑したい気持ちを堪え、正面に座った無表情のアロイスを見据えた。そんな彼の後ろには、監視の騎士が二名控えている。

ちなみに国王はダニエルと同席し、見守る姿勢に入った。

そして少しの沈黙のあと、先に口を開いたのはアロイスだった。

「久しぶりだね、シャルロッテ……いや、シャルロッテ嬢と呼ぶべきか。今日は私の願いを受け入れてくれて感謝する。君の好きそうなものを用意させてみたのだが、どうだろうか？」

アロイスは柔らかい笑みを浮かべ、機嫌を窺う視線を寄越す。

確かにテーブルにはショートケーキ、プチシュークリーム、ガトーショコラなど、シャルロッテが好むケーキが並べられている。

このようにアロイスから好みの菓子を揃えてもらったのも、機嫌を窺われるのも初めて。彼が自分の好みを知っていたことにも、少しばかり驚いているくらいだ。

しかし使用人を通じて調べれば簡単にわかることだと、すぐに冷静になる。シャルロッテは手本のような微笑みを浮かべた。

「えぇ、どれも美味しそうですわ。本日はショートケーキをいただこうかしら」

国王付きの従者に目配せすれば、シャルロッテとアロイスの前にケーキの載った皿が置かれた。

それぞれフォークを手に取り、ケーキを口にした。

きめが細かいスポンジ生地は口どけがよく、生クリームの芳醇なバニラの香りが鼻を抜ける。隠し味にレモンピールが入っているのか、甘さは強いのに後味は爽やかだ。

久々に食べたが、王宮のシェフの腕は素晴らしいまま。気の乗らないこの場に参加したご褒美として、シャルロッテは割り切ってケーキを楽しむ。

すると、アロイスがクスリと小さな笑いを零した。

「幼い頃から、シャルロッテ嬢はケーキを食べているときが一番良い顔をするようだな」

「そんなつもりはなかったのですが」

「間違いないさ。勉強やダンスレッスンを通して、誰よりも長く一緒に過ごしてきたのだからわかる……私はケーキほど好かれていなかったことも」

シャルロッテはフォークを置き、微笑みを保ちながら軽く頭を傾けた。

「好かれたかったと？」

「そうだったらしい。教養、所作、気配り、血筋……どれを取っても君に劣るクリスタ嬢に、どうして傾倒してしまったか考えてみたのだが、そういう結論に至った」

アロイスにとってシャルロッテの第一印象は、「お人形のような子」だったらしい。この国では珍しい艶やかな黒髪は目を引き、金を溶かし込んだようなヘーゼルの瞳は大粒のトパーズのよう。恥じらいながら挨拶する姿は可愛らしく、彼女が婚約者だと知ったときは舞い上がったらしい。

しかし同じ教育を受けていくうちに、婚約者というよりも強い競争相手のように思うようになった。どんなに努力しても実力の差は開かず、常にシャルロッテが一歩後ろをついてくる。まるで計算して、先を譲っているかのような距離を絶対的に保ちつつ……。

それでいて関心はアロイス自身ではなく、『王太子』にしか向けられていない。求められた役割を淡々とこなすシャルロッテの姿に、「本当に人形のようだな」と彼は虚しさを覚えたと言うのだ。

そんなときに目に留まったのが、男爵令嬢クリスタ・ベルツだった。か弱く、甘え上手。感情は読みやすく、好意は隠さず向けてくる。完璧な姿しか見せない婚約者（シャルロッテ）とは大違い。

「虚しさが埋まっていくようだった。クリスタ嬢と一緒なら気分が満たされる。そう錯覚して彼女をそばに置くようになった。学生の間、特に親しい友人として。しかし……」

「満たされなかったと？」

シャルロッテの問いかけに、アロイスは神妙な顔で頷いた。

「まったく嫉妬しない君を見て、虚しさは増した。どうやら私は、シャルロッテ嬢が嫉妬するのを期待していたらしい。そうして積もった虚しさは憎しみへと変わり、私を愛さない君が悪いのだと思い込み、罰を与えようと行き過ぎた選択をしてしまった。牢に入り、己のあまりの愚かさを恥じたよ。十年もの苦楽を共にした大切なパートナーを、酷く傷つけてしまったと……大変申し訳なかった。この通りだ」

金色の頭が、ゆっくりと下げられた。

シャルロッテは止めず、謝罪の礼をしっかりと受け取る。そして数秒してから口を開いた。

「頭をお上げくださいませ。アロイス殿下のお気持ちはわかりました。今後は穏やかにお過ごしになられること、お祈り申し上げます」

プライドの高いアロイスが謝罪の言葉だけでなく、頭まで下げたのだ。これ以上の反省を求めれば、王家に恩を売るどころか心証を悪化させてしまうだろう。

シャルロッテは、六番牢からの解放を認める言葉を告げた。軽く振り返り国王を窺えば、安堵の頷きが返される。

目的は達成され、もうこの場に用はない。そう、兄にも合図を送ろうとしたときだった。

「やはり、すべてを許してもらうことは無理なのだろうか？」

アロイスは懇願するようにシャルロッテに投げかけた。

彼女は困惑の表情を浮かべる。

「そうおっしゃられましても……」

六番牢に入れたのち、質素な個室で幽閉するという処罰を決めたのは国王だ。シャルロッテに権限はないし、実際に処罰内容も彼女からは何も求めなかった。それを、アロイスが知らないはずがない。

しかし彼は諦めを見せることなく、必死な眼差しをシャルロッテに送る。

「私ともう一度、手を取り合うことは考えられないか？」

「つまり、アロイス殿下と私が再び婚約するという意味でおっしゃっているのですか？」

「その通りだ。私にとって君が、どれだけ大切な存在なのか思い知ったのだ。もう王妃にすることはできないが、婚約者同士……いずれ夫婦として、再び支え合うような関係に戻りたい。いや、君に尽くすと誓うから、そばにいさせてくれ……どうか、どうかこの通りだから」

アロイスは、椅子から降りて床に両膝をついた。そしてあろうことか、シャルロッテの足元に近づくよう膝でにじり寄ると、床に触れるギリギリの低さまで頭を下げたのだった。

シャルロッテのみならず、部屋にいる誰もが驚きの眼差しで見つめた。

次期国王として育てられたアロイスのプライドは、人一倍高い。それはもう、真夜中にのぼった月のように。

だから着席した状態での謝罪の礼でも、内心驚いていたほどだった。そんな彼が、屈辱に耐えて平身低頭で許しを乞うている。

アロイスは、心の底から反省している――と、認めるには十分な姿勢を示しているだろう。国王から何かしら情状酌量の余地を与えたいと相談されたら、受け入れないとこちらが狭量と思われかねないくらいには。

しかし、再び婚約を結ぶかは別問題。アロイスからの二度目の裏切りに怯えながら生きるなんて、到底無理な話だ。

私たちはもう元に戻れない——そうシャルロッテが諭そうとしたとき、顔だけ上げたアロイスの視線と彼女の視線がぶつかった。

王族特有の彼の赤い瞳は獲物を狙うように鋭く、凍てつくように冷たいもので——

シャルロッテの背筋に悪寒が走った瞬間、素早く立ち上がったアロイスに距離を一気に詰められる。そして彼が手に持っていたフォークの先が、彼女の首元に添えられた。

騎士は剣の柄に手をかけ、ダニエルも立ち上がるが、誰も足を前に出せない。

フォークといえど、銀で出来たその先端は鋭く磨き上げられている。シャルロッテの薄くて柔らかい肌くらい突き通し、喉に風穴を開けることくらい容易い。

周囲に見せつけるように、アロイスはシャルロッテの首にフォークの先を立てるように当てた。

「全員、窓側に移動して背中を壁につけろ！　逆らえば、容赦なく首に刺す」

彼の手にあるフォークは、先ほどまでケーキを食べるのに使われていたもの。

テーブルの上にはたくさんのケーキがあり、シャルロッテやダニエル、国王からはアロイスの手元は見えにくい。背後はアロイス自身の背中が死角になり、騎士の目も盗みやすい。テーブルに戻さず、膝をつく際に袖に隠したようだ。

顔を強張らせた国王が騎士に視線を送り、従うよう促した。

そして皆が壁に並んだのを確認してからアロイスは、シャルロッテに指示を出す。

「部屋の角にソファがあるだろう？　シャルロッテは私とそこに一緒に座るのだ。もう少し君と話し合いがしたい」

「……はい」

「父上も含め、他の人は邪魔をしないでくださいよ。さぁ、シャルロッテ、両手を顔の横にあげたまま座ろうか」

そして言われた通りソファに腰を下ろすと、アロイスも彼女の隣に座った。彼の右手に握られたフォークはシャルロッテの首元に添えられ、左手は逃げないよう後ろから彼女の腰に回された。

嫌でもアロイスの胸元に寄り添うような体制になり、嫌悪感が這い上がったシャルロッテの腕には鳥肌が立つ。

すると、首元にちくりとした痛みが走った。

「――んっ」

「この程度で情けない声を……相変わらずシャルロッテは大袈裟だね」

言われている意味がわからず、シャルロッテは困惑の表情を浮かべた。

「それはどういう……？」

「私は証拠を捏造し、嘘の糾弾を行った。しかし実際にシャルロッテを牢に入れたり、虐げたりしたことはなかった。それなのに、どうして！　その罪まで背負わなければならないのだ！　嘘をついて相手を責めたのが罪なら、周囲に誤解を与えたまま解こうとしないシャルロッテ……君も悪いはずだ」

確かに、巻き戻された人生五回目のシャルロッテは六番牢には入れられていない。

過去を知らないアロイスは、課せられた処罰が重すぎると感じているようだ。

しかし、シャルロッテの辛く苦しい記憶は嘘ではなく、実際に経験したこと。アロイスの記憶にないだけで、彼は何度も彼女を虐げていた。

シャルロッテはなかったことにできるほど寛容になれず、思わず憎しみを込めた視線を元婚約者に向けてしまう。

するとアロイスは怒ることなく、嬉しそうに不敵な笑みを浮かべた。

「シャルロッテ、やはり君は人生を繰り返しているのだな」

部屋の空気が、動揺で揺らいだ。

ダニエルや国王の軽く見開かれた目から、関心の高まりを感じる。

シャルロッテは早鐘を打つ鼓動を宥めながら、努めて冷めた視線を返した。

「想像が過ぎませんこと？」

「誤魔化すつもりか？　私が妄想だけで、シャルロッテを人質に取ったとでも思うか？」

アロイスは大胆な行動をとるが、それは勝算があるときに限る。追い込まれた状況だとはいえ、無鉄砲なことはしない慎重さを彼が持っていることを、シャルロッテはよく知っている。

「それでも、殿下がそう思ったきっかけが何か、私にはさっぱり」

「牢の中で読んだものには魔法に関する本もあったのだが、どうやら時間を巻き戻す『逆行魔法』が実在するらしい。もちろん、世界の理に干渉する魔法だから簡単ではないが、現代にはヴィム・ギースベルトという天才魔術師が存在する。彼ならできるに違いない……そう考えたら、ずっと不思議に思っていた謎が解けることに気が付いた」

幽閉先が六番牢であり、しっかりと捏造の証拠が用意されているという正確な未来予測。

一度も近づけさせたこともないのに、故意に悪化させた六番牢の状況を知っている情報力。

悪魔の呪いを受けるリスクがあるのに、蔑ろにされていたという堂々とした証言。

それらを不可解に思っていたようだが、シャルロッテに『前世では断罪を切り抜けられずに六番牢に投獄された』という記憶が事実として残っていれば、色々と辻褄が合うことに気付いたようだ。

「断罪を回避するために、過去のシャルロッテがヴィム殿にお願いしたとしか思えない。ただ、彼は仕事を選ぶ人間だ。何を交渉材料にした？　君自身を対価にしたと思ったが、婚約の申し込みを保留にしていることから違うようだし……教えろ。どうやってヴィム殿に、逆行魔法を使わせた？　彼は、何を決め手にした⁉」

アロイスの赤い瞳には余裕はなく、強迫観念にかられている様子だ。手にも力が入り、シャルロッテの首にフォークの先端が食い込んでいく。

彼女は痛みで顔を歪めながらも、どう答えたらいいものかと思考を巡らす。

逆行は、妹の仇を討とうとした親友の死に絶望した、ヴィムの独断で行われたもの。死んだシャルロッテは逆行魔法の交渉はしていない。

しかし真実を伝えれば、ダニエルが国に反旗を翻したことまで知られてしまう。国王の不信が高まってしまったら、自らエーデルシュタイン家の立場を危うくすることになる。

（それで済むならマシだわ。アロイス殿下だけでなく、陛下も私の断罪の件は無に帰したいと思っているはず。ヴィム様に逆行魔法を強いるために、この場で私とお兄様をまとめて亡き者にする可能性があるわ……やっぱり事実は伝えられない。お兄様を死なせたくない……それに、またヴィム様にあんな思いをさせたくない！）

アルファスの追憶魔法で見た、無念の死を迎える兄と、そんな兄を見て絶望するヴィムの姿が脳裏に蘇る。絶対に、その運命は受け入れられない。

またダニエルの謀反を伏せ、正直にヴィムと逆行魔法の交渉の事実はないと伝えたところで、信じてもらえないだろう。

ではそれらしい嘘を……と思ったが、納得させられそうな対案が思い浮かばない。嘘だと知られたら、アロイスの怒りをさらに買うことになり、このまま首を刺されてしまいそうだ。

じっくり言葉を選ぶ。

「申し訳ありません。なぜか記憶が途切れていて、思い出せないところも多いのです」

「覚えていないと？」

「はい。六番牢でひとり過ごしていたはずなのに、突然卒業パーティーの場に戻っていたのです。ヴィム様とお会いする機会があったのかも、記憶が定かではなく……」

「ほう？」

アロイスがじっとシャルロッテを睨む。シャルロッテも視線を逸らさない。

睨み合って数十秒、アロイスが舌打ちをした。

「まぁ、良い。シャルロッテという切り札は私の手の中だ。ヴィム殿は君を大層気に入っているようだから使えるだろう」

もう一度婚約し、やり直したいという言葉は真っ赤な嘘だったらしい。もちろん真に受けたわけではないが、都合のいい駒扱い程度の存在だったと、改めて痛感させられた。

シャルロッテが黙り込んだことも気にせず、アロイスはダニエルに話しかける。

「ヴィム殿は、エーデルシュタイン家に頻繁に出入りしているようじゃないか。ダニエル殿は屋敷に戻って、ヴィム殿の訪問を待て。そして彼が屋敷に現れ次第、共に王宮に来るのだ。ヴィム殿を、私の前に連れてこい！」

「殿下！　屋敷に呼びにいかせるのは私ではなく、妹でお願いできないでしょうか。人質には私がなります。私はヴィムと友人関係であり、彼が気に入っているシャルロッテの兄。私にも、人質としての価値があるかと！」

ダニエルはシャルロッテの安全を先に確保しようと、人質の交換を提案した。

アロイスは鼻で笑う。

「剣術に長けているダニエル殿を人質に？　私のリスクが高すぎる。しかし……君が縄に縛られ、私に短剣を与えてくれるのなら考えよう」

「良いでしょう。陛下、縄と短剣の手配をお願いできますか？」

ダニエルの判断には迷いはない。

「お兄様……っ」

愛する妹のために命を懸けるその姿が、追憶魔法で見た血に染まった兄と重なった。避けることができたはずの最悪の未来が、また顔を出している。シャルロッテの血の気が失せた。

そのとき、ここにまだ呼ばれていないはずの人物の声が響いた。

「ダニエル、その必要はないよ。やぁ、皆さん！　ごきげんよう」

部屋の中心に、麗しい銀髪の青年が漆黒のローブをはためかせながら舞い降りる。見惚れるような微笑みを浮かべているが、視線はアロイスの手元に鋭く向けられていた。

ヴィム様がどうして――と、シャルロッテは大きく目を見開いた。ブレスレットはしているが、彼の名前は声に出して呼んでいない。

この部屋の会話を盗み聞くことができる魔法、あるいは監視できる魔法でも使っていたのか、理由はわからない。

だが、ヴィムが兄妹を助けに現れたということは確信できた。目頭が熱くなり、胸に強い感情が込み上げる。

「ヴィム様……っ」

思いのまま名前を呟けば、ヴィムは柔らかい視線をシャルロッテに一瞬だけ寄越した。そして再び怒りを滲ませた視線をアロイスに向ける。

「これはこれは、随分と元気そうではありませんか。ご用件は？」

「ヴィム殿は、逆行魔法が使えるのか？」

「できますよ。はは、もしかして次は殿下の番だと？」

愉快だと言いたげに、ヴィムは肩を揺らした。

「あぁ！　卒業パーティーの直前まで戻してくれ。私の記憶を保持した状態で頼む。対価は、シャルロッテでどうだろう。断罪することなく彼女とは婚約を解消してみせ、ヴィム殿に譲り渡す。そなたは美しい彼女が手に入り、シャルロッテも牢に入らずに済む……悪くないだろう？」

そう言いながらアロイスは、静かにフォークを握る手に力を込めた。シャルロッテに「お前もヴィム殿に懇願しろ」と、無言で催促する。

だが、無駄な行為だとすぐに知ることとなる。

「対価も何も……そもそも俺の全魔力を持ってしても、卒業パーティー前まで時間を巻き戻せない。約一か月が限度のため、アロイス殿下の牢獄生活が繰り返されるだけだけど、いいの？」

「なんだと……？　で、では一か月前に戻った直後、再び逆行魔法を使えば——」

「はは、あなたは牢の中で、今のようにシャルロッテという切り札が手元にない状態でそれを願うと!?　それに運良く連続で時を戻せても、あまりにも世界を歪める行為だ。逆行魔法の干渉を受けていない大陸外の魔術師が徒党を組んで、理を守るために原因を抹殺しにくるだろうね」

ヴィムは笑みを保ったまま自身の胸に右手を当てつつ、話し相手に左の手のひらを向けた。

アロイスの顔が引きつる。

「巻き戻したところで……私も消されると言うのか？」

「ふっ、逆行魔法を願ったのは殿下だから当然じゃないか。あーあ、殿下と心中なんて最悪だ」

「ヴィム殿の力でどうにかすることは」

「さすがの俺でも、数で押されれば勝てないだろうね」

苦笑を浮かべた顔をゆるく横に振る魔術師の言葉に、アロイスの威勢は削がれていく。

「だって、あなたは上級悪魔も使役しているだろう？　そいつに任せたり……」

「ははは！　本物の魔王だとでも？　魔力も寿命も有限の、俺は一応人間だ。他の魔術師ではなく、途中で悪魔に魂を奪われてお終いさ。そのときは、殿下を道連れにしてやるよ。自分だけ甘い汁を啜れると思うな」

「——っ」

最後に凄んだヴィムの圧力に、アロイスの腰が引ける。先ほどまでの強気な雰囲気は消え、「そんな」と弱々しい呟きを零した。

時間を巻き戻しても、栄光は取り戻せない。望みが断たれたことに、アロイスはショックを隠せずにいる。

動揺は彼の手にも表れ、フォークの先がシャルロッテの首元からわずかに浮く。

そのとき、彼女の景色が一瞬で変わった。

「お待たせ。助け出すのが遅くなってごめんね。無理に転移させて、シャルロッテの首に深い傷を負わせることは避けたかったから」

気が付けばシャルロッテは、横抱きの状態でヴィムの腕の中にいた。彼は麗しい顔に憂いを乗せ、彼女の顔を覗き込んでいる。

卒業パーティーや、悪夢を見たあの夜と同じように、またヴィムが自分を救ってくれたらしい。

体を支える優しい両手から温もりを感じたシャルロッテの、緊張の糸が切れた。

「ヴィム様――っ」

彼女は、ヴィムの胸元を摑んで額を当てた。安堵したことで、今になって我慢していた体の震えが止まらない。

すると「もう大丈夫だよ」という、ヴィムの柔らかい囁きが鼓膜を揺する。体の強張りがほぐれていくようだ。一方で、胸だけは締め付けられたように高鳴る。

もう本心を抑え込めそうにない。

(好き……ヴィム様のことを、心から好きになってしまったわ)

惹かれている、という言葉では収まらない強い恋心を自覚する。こんなに誰かを愛しいと思ったことは初めてだ。感情のままに、ヴィムの胸元に縋った。

そこへ、駆け寄ってきたダニエルが妹と親友をまとめて抱き締めた。

「シャルロッテ、無事で良かった。ヴィム、ありがとう。よく呼ばれているってわかったな。私もシャルロッテもお前の名前を口にしていなかったのに」

「アロイス殿下がシャルロッテに密着した状態で、強く俺を意識して名前を口にしたものだから、間接的に反応したんだろうね」

ヴィムの視線は、シャルロッテの手首にあるブレスレットに向けられた。

「こんな日にも身に着けてくれていたんだね」

「だって、お守りと聞いていましたから。とても効果がありました」

「それは良かった」

嬉しそうに浮かべるヴィムの笑顔は温かい。いつのまにか、シャルロッテの体の震えは収まっていった。

そんな彼女の体はひょいっと兄の腕の中に移された。

「近くにいたのに、守ることができなくて悪かった」

「私は大丈夫です。お兄様にも非はございません……悪いのは相手でしてよ」

ぎゅーぎゅーと力強く抱きしめるダニエルを宥めながら、シャルロッテは床に下ろしてもらう。

そして、視線を先ほどまでいた場所に向けた。

そこには騎士によって床に押さえつけられているアロイスの姿があった。悔しそうに眉間に皺を寄せ、口を横に結んでいる。

そして反対側を振り返れば、額に手を当て、苦渋の表情を浮かべる国王が椅子に座っていた。

彼は苛立ちを込めた深いため息をついた後、重々しく口を開いた。

「シャルロッテ嬢の慈悲によって与えられた貴重な機会を、仇で返しよって……アロイスを六番牢に戻し、二度と出る機会は与えないこととする。もう連れて――」

「その前に陛下、狙ってはいけない令嬢を人質に取って、俺を利用しようとしたこともお忘れなく」

ヴィムは命令を遮り、パチンと指を鳴らしてアルファスを召喚した。大型の黒い狼は召喚主の足元でお行儀よく座り、尻尾を振る。

「――っ、ヴィム殿の要求を聞かせてもらおう」

「耳を傾けてくださり感謝いたします、陛下」

ヴィムが国王に頼んだことはみっつ。

ひとつめは、ここで聞いた逆行魔法について、関係者に箝口令(かんこうれい)を敷くこと。ヴィムに時間の巻き戻しを求める人間が、増えてしまうのを避けるためだ。これはすぐに約束された。

ふたつめは、逆行の原因を追究しないこと。前回の逆行魔法はヴィムの都合によるもので、シャルロッテや他者から依頼されたものではないと明かした上でのお願いだ。

国王ははじめ難色を示したものの、ヴィムが「なら今度こそ、この国を消さなければいけない」と告げれば、渋々ながらも頷いた。

最後にみっつめ、アロイスに呪いをかける許可を出すこと。ただ六番牢に入れただけでは反省しないことが、今回証明されてしまった。今後、アルファスが自由にアロイスに恐ろしい幻覚を見せ、生まれた恐怖心や苦しみを食べられるよう求めた。

アロイスは抵抗したが、国王は耳を貸すことはない。結果、アロイスは絶望の表情を浮かべ、アルファスが嬉しそうに部屋を駆け回ることとなった。

こうして騎士たちは、脱力して歩けない元王太子を引きずるように連行していった。

それから、王宮には自身が残るからとダニエルは、シャルロッテに先に帰るよう促した。

再びアロイスが六番牢に投獄されることが決まったとはいえ、王家とエーデルシュタイン家の間では話し合いが必要。ただ現時点で、父にも逆行魔法の件は伏せておいた方がいいと判断したようだ。父に代わって、ダニエルが公爵家の窓口なるつもりらしい。

そして両親には、アロイスが乱心したため逃げるように帰ってきた——と説明すればいいと助言された。詳しいことは兄の口から話したいとのことだ。

「ヴィム、シャルロッテを屋敷まで頼む」

ダニエルに視線を投げかけられたヴィムは、しっかりと首を縦に振った。

「任せてよ」

そう言ってヴィムは指を絡めるように、シャルロッテの手を握る。

それを見たダニエルは片眉をあげても、いつものように苦言を呈さない。まるで、妹の心境の変化を見抜き、見守るような視線を寄越した。

確かにヴィムと触れているシャルロッテの手は体温以上に熱く感じ、顔にまで熱が移ったように火照りを感じている。

（これは、早めに答えを出さないと手に負えなくなるわね）

胸の高鳴りと同時に、もうひとつ無視できない感情があった。長引かせるほど、自身を苦しめる類いのものだと知っているシャルロッテは、ヴィムの手を強く握り返した。

「屋敷に戻って、お父様たちに事情を説明したあと……私にヴィム様のお時間をいただけないでしょうか？」

「もちろん。シャルロッテのお願いなら、何時間でも空けるよ」

ヴィムは迷わず即答してみせた。一途（いちず）で、ぶれない彼の愛情がシャルロッテの心を刺激する。

「ありがとうございます。ではお兄様、またあとで」

こうしてふたりは屋敷に戻り、ダニエルの助言通り両親に説明をした。両親は烈火のごとく怒りを見せた。兄が王宮に留まって対応すると宣言していなければ、今ここで両親が謀反を起こしていたかもしれない。そんな勢いがあった。

そんな両親を宥めながら、シャルロッテはヴィムとの外出の許可を申し出た。

「また娘を助けてくれたヴィム殿には、お礼の夕食に招待したい。その時間までに戻ってくると約束できるのなら認めよう」

そう言って父は、母とともにシャルロッテとヴィムを送り出してくれたのだった。

第九章『愛の証明』

「ここは――？」

ヴィムの魔法で転移したシャルロッテは、観察するように周囲を眺めた。

天井まで高さのある棚には本がぎっしりと収められ、壁一面を埋め尽くしていた。どのタイトルも魔法に関するものばかりだ。

反対側の壁にも棚があり、そちらには研究に使うような様々な器具が並べられていた。そして中央のテーブルには、高く積まれた本と、計算が殴り書きされた紙の束がいくつも置かれている。

転移する前、ヴィムに「どこがいい？」と聞かれ、シャルロッテは「誰にも邪魔されず、落ち着いて話せる場所で」と願ったのだが。

もしかして――と思ってヴィムを見上げれば、彼は照れ臭そうに頷いた。

「俺の本当の家。世間に公表している屋敷はカモフラージュで、身の安全や研究を守るために、基本的にはこっちにひとりで住んでいるんだ。幻影魔法や防御魔法を徹底的に施しているから、お望み通り誰にも邪魔されないよ」

「ご配慮ありがとうございます」

「面白みのない場所でごめんね。シャルロッテの部屋みたいに、おしゃれな空間なら良かったんだけど……うーん、話をするならこっちの部屋の方がまだマシかな」

苦笑しながらヴィムは、隣の部屋にシャルロッテをエスコートする。

通された部屋はソファとテーブルが置かれ、それを囲むようにまた本棚が壁を覆っていた。応接間というよりも、個人書庫と言った方が正確かもしれない。

「こんなにたくさん」

「俺の両親も魔術師だからね。魔法の本を譲ってもらえる機会も多くて、いつのまにかこの量だ。もっと本棚を増やしたいんだけど、もう置く場所がなくて……引っ越しのタイミングを悩んでいるところ」

蔵書量を見るに、彼はかなりの読書家であり勉強家だ。天才の名は、積み重ねてきた努力の上に成り立っているのだとわかる。

シャルロッテはソファに腰を下ろしながら、質問を重ねた。

「ご両親と、ご一緒にお住まいではないのですね」

「俺の成人を機に、子育ては終了したからと旅に出てしまったんだ。旅先で、忠誠を誓いたい主を見つけようで、それから一度も帰ってきてないかな」

ヴィムの自由さは、両親譲りのようだ。

「そうでしたの。では炊事洗濯はご自身で？　使用人の姿はないようですが……」

「できなくはないけれど、食事や洗濯物はカモフラージュの屋敷で雇っている使用人に任せることが多いかな。俺がするとしたら、この家の掃除くらいで……だから、あまりお茶の腕は期待しないでね」

ヴィムはシャルロッテの隣に腰掛けると、魔法で茶器をテーブルに用意した。そして彼自らティーカップに注いで、客人の前に置く。

「どうぞ」

「ありがとうございます」

そっと口をつければ、バニラの甘い香りが鼻を抜けた。温度も程よく、紅茶本来の味わいもある。確かに使用人の腕程ではないが、きちんと美味しいお茶に仕上がっていた。しかも、このお茶はシャルロッテのお気に入りの銘柄だ。

教えたことはないはずなのに……と、胸に切なさを感じながらティーカップを置いた。

「まだ、私に飽きていませんか？」

じっと、シャルロッテはヴィムの目を覗き込んだ。やや見開かれた彼の青い瞳には、不安な表情を浮かべた彼女が映っていた。

ヴィムは目元を和らげ、シャルロッテの頭に手を伸ばした。宝物を触るような慎重な手つきで、優しくひと撫でする。

「俺は、シャルロッテに心底惚れているんだよ。もっとあなたの色々な表情が見たいし、たくさん話もしたい。こうやって、ふたりきりでいるだけで舞い上がっているのに、飽きているはずがないじゃないか。好きだよ、本当に好きで仕方ない」

彼は、ほんのり頬を染めながら告げた。

愛しさを隠さない眼差しと、真っすぐな言葉にシャルロッテの胸は熱くなる。不安を慰めようとする彼の手は優しく、頬を寄せてしまいたいくらい惹かれている。私もお慕いしております——そんな言葉が、喉元まできている。

しかし、やはり止まってしまい、喉より先には出ない。この幸せを手に入れたあとのことが怖くて、臆病な気持ちがシャルロッテを支配する。

「シャルロッテは、俺の気持ちが今も信じられない？」

「いいえ、ヴィム様は誠実な方だとわかっております。信じられないのは、私自身です。ヴィム様のお気持ちをずっと繋ぎとめる自信が、まったく持てないのです」

「どうして？　シャルロッテは素敵な女性だよ？」

「だって私は、十年も婚約していた方に、情すら抱いてもらえなかった令嬢ですもの。無邪気な可愛さもなく、ユーモアがある話し方もできません……数年したら、飽きるような存在としか思えないのです……っ」

ヴィムの愛情は疑いようもなく、情に厚いことも知っている。正式に婚約し、結婚した後も大切にしてくれるだろう。

ただ、結婚後も今のような愛情が残っているのか——未来を想像したとき、理想の光景は不安で塗り潰されてしまう。

人間は飽きる生き物だ。

毎日同じ食事を出されたら飽きるように、毎日同じドレスを着ていたら飽きるように、毎日ともに過ごしていたら、自分も飽きられるのではないかと考えてしまう。

表面上は優しくても、内心飽き飽きして疎ましく思われる日が来るのでは……と。

そんなことは、実際に長く一緒に過ごしてみないとわからない。卑屈になりすぎ、誰にもわからない未来を悲観しすぎている。そう言われても仕方ない。

シャルロッテ自身も、頭では理解している。

しかし、アロイスの裏切りによって心の奥底に芽生えてしまったトラウマは根深く、蔓(つる)を伸ばしてシャルロッテに絡みついていた。

アロイスの浮気相手クリスタのように、天真爛漫(てんしんらんまん)な笑みが浮かべられたら。手作りのお菓子を差し入れできるくらいの、器用さと愛嬌(あいきょう)を持ち合わせていれば。プライドなんか捨て、苦言ではなく媚びるような甘言を投げることができれば……牢の中で悔やんできたことはたくさんある。

だが結局、自分は変わっていない。幼い頃から叩き込まれた、淑女教育に染まり切ったまま。

まさに、アロイスが言い放った『人形』でいる。

(飽きられないよう愛嬌のある女性を演じても、ヴィム様には偽りの顔を見抜かれ、失望させて終わりでしょうね。嫌われるのは、飽きられるより嫌だわ。どっちにしろ、私の性格や態度はこのまま変わることはない。本当に人形のよう)

シャルロッテは頭に触れていたヴィムの手を握り、下ろさせた。

「このように、私は後ろ向きの人間です。一緒に過ごしても、いつまで楽しくいられるか……だから、お願いです。愛し続ける自信が少しでもないのなら、恋人関係はここで終わりにさせてくださいませ」

深い愛情を向けてくれている相手に、未来が確約できないなら振ってほしいと願うなど、なんて傲慢で卑怯(ひきょう)なお願いだろうか。この頼みごとで愛が冷めてしまったと、そう告げられても不思議ではない。

(私は馬鹿ね……もうこんなにも愛してくれる方が現れるはずがないのに。でも私は、同じ愛を返すことができない。それこそ不誠実だわ)

シャルロッテは顔を俯かせ、ヴィムと重ねていた手を離そうとした。

「いつか俺に愛されなくなるのが怖いってことは、本当はずっと愛されたいって意味だよね?」

「――っ」

ハッと、シャルロッテは顔をあげる。

ヴィムは射貫(いぬ)くような視線を彼女に向け、離れかけていた手を引き留めるように握り返した。

「つまりずっと愛してくれるのなら、俺の気持ちを受け入れてくれると捉えるけど、合っている?」

わずかな戸惑いのあと、シャルロッテはぎこちなく頷く。

「でも私は……」

「素敵な人だよ。指先まで気遣い、美しくあろうとしているこだわりも。気高い態度を見せつつも、相手に配慮する奥ゆかしさも。常に規範を守ろうと、自分にも相手にも厳しく接するところも——どれもシャルロッテが必死に身に付けてきた、努力の証だろう？　俺は、すごく尊敬している」

「ヴィム様……っ」

「あと、とても愛しい。変化の乏しい表情のわりに感情豊かで、ときどき隠しきれていない可愛いところも。真剣にお礼を選んでくれる律儀なところも。俺の過去を許してくれる寛大なところも。こうして怯えたままの愛を返すことに……俺のように信じ切った愛を返せないことに罪悪感を覚えている真面目なところも、俺は好きだよ」

シャルロッテは大きく目を開き、ヘーゼルの瞳を揺らした。

面白みがないと思っていた令嬢の面や、不器用だと思っていた性格を好ましいとヴィムは言う。

「本当に？」と問いかけるような視線を投げかければ、彼は微笑みを浮かべて頷いた。

「俺はね、そんなシャルロッテに幸せな未来を捧げたいんだ。どんな未来を願っているのか、あなたの口から教えて？」

「私は……」

一度固く瞼を閉じ、理想の未来を描く。そして絞り出すような声で、願いを口にした。

「平和な日々を過ごしたいです。見捨てられることなく、害されることない未来を」

「他には？」

「そんな未来を、一生愛してくれる人と一緒に過ごしたい」

「それが保証されればいいんだね――アルファス！」

《呼んだ？》

狼の姿をした悪魔が部屋に召喚された。

ヴィムはシャルロッテから手を離すと、手のひらを見せるように両手をアルファスに向けた。

「アルファス、真実の契約をしよう。俺が誓いを破ったら、魂をくれてやる」

《するする！　で、条件と真実は何？》

「ヴィム・ギースベルトは、シャルロッテ・エーデルシュタインに愛を捧げ、一生をかけて彼女の幸せを守り続けることを誓う！」

《言葉に偽りなし！　真実の契約成立だ。破ることがあれば、その手が自身を絞め殺すだろうね》

アルファスが宣言した瞬間、ヴィムの両方の手のひらが黒く染まった。そして、数秒かけて両手に染み込むように消えていった。

《あぁ、楽しみだな》

そう言って喜んだ悪魔は、すぐに影に飛び込んで立ち去ってしまう。

止める暇もなく、ヴィムは悪魔との契約を終わらせてしまった。

「悪魔と魂の契約をするなんて――」

シャルロッテは、たまらずヴィムの両手を摑んだ。

しかし、契約した本人は勝ち誇った笑みを浮かべていた。

「これでシャルロッテは、俺の愛が薄れることなんて心配せずにいられるよね？」

「――っ」

ヴィムの表情と言葉は、魂を渡すことはないという絶対的な自信に満ちていた。

なんて無茶苦茶なやり方だろうか。

しかし、魂をかけるほど本気で愛してくれていることは、身が震えるほど嬉しくて――芽吹いた勇気が、シャルロッテの背を押した。心に絡まっていた蔓を引きちぎって、前に進む。

「私は、ヴィム様をお慕いしております」

ずっと喉でつっかえていた言葉が、言い淀むことなく出た。

「本当？　恩とか、魂の契約で負い目を感じて無理をしていない？」

シャルロッテは首を横に振ってヴィムの疑問を否定する。信じてもらうために、言葉を続けようと口を開いた。

すると、今まで出なかったのが不思議なほど、想いが堰（せき）を切ったように溢れてきた。

「本当は前から惹かれていたのです。好意を伝えられるたびに、胸が疼いて、切なくて……だって、ヴィム様ったら魅力的すぎるんですもの。視線はなんだか熱いですし、言葉は甘くて、態度はもっと甘く優しくて……そもそも、そのお顔も反則だと思いますの！」

「い、いい意味だよね？」

「えぇ。これまで会った殿方の中で、こんな麗しい方は知りませんわ。それでいて情熱的な親友想いで、貢ぎ癖が少し心配になるほど純粋で、私を何度も救ってくれた素敵な魔術師様なんですもの。そんな方に愛を囁かれたら、落ちずにいるなんて無理なお話でしてよ」

そう言い切るや否や、シャルロッテの体はヴィムの腕の中に閉じ込められていた。

彼女の細い肩と腰を引き寄せる手は力強く、首元に埋めた銀髪の間からは何度も「愛している」という言葉が聞こえる。

ヴィムの喜びを体で感じたシャルロッテの胸も、苦しいくらいに高鳴った。気持ちを通わせたあとの愛の言葉は、以前より甘美に聞こえて鼓膜を甘く痺れさせる。

ただ、ずっと受け止めるのは難しそうだ。

「ヴィム、様……少し、力を……っ」

「ごめん！　嬉しすぎて思わず」

ヴィムは腕を緩め、シャルロッテを解放した片手を自身の口元に当てた。そんな彼の眉は下がり、顔は見事に赤く染まっている。

会うたびに、恥ずかしげもなく愛の言葉を並べた人物とは思えない。本当に世界の人々が『魔王』と呼んで恐れている、大陸一の魔術師なのか。

ヴィムの初々しい表情があまりにも可愛らしくて、なんだか愛おしくて、シャルロッテは「ふふっ」と笑みを零した。

見栄（みえ）や憂いが消えた、素の彼女の笑みは朗（ほが）らかで――

「可愛い……シャルロッテの本当の笑みは、こんなにも素晴らしいのか！　可愛い。あなたは本当に可愛い」

シャルロッテの頬に、ヴィムが右手を滑らせる。彼女は温もりを求めるように、彼の手に頬を寄せた。先ほどはできなかった、甘える仕草も今ならできる。

するとヴィムはもう片方の手も伸ばし、シャルロッテの顔を両手で包み込んだ。

「もっと愛を伝えたいんだけど、受け入れてくれる？」

確かめるように、熱を孕（はら）んだ青い瞳がヘーゼルの瞳を覗く。囚われたように、視線が外せない。

もちろん、もうシャルロッテに逃げる気などなく……ヴィムの手の中で小さく頷いた。

「夢のようだ」

感極まったように呟いたヴィムは、そっとシャルロッテに顔を寄せる。

シャルロッテは受け入れるように、ゆっくりと瞼を閉じた。優しく唇が重ねられ、相手の体温がじわりと伝わる。

一瞬にして、彼女の胸は幸せな気持ちでいっぱいになった。

長く、この幸福感に浸っていたい。

すぐに離された唇を惜しむように、シャルロッテは彼を見上げた。

もっと相手を感じていたいと思っていたのはヴィムも同じだったようで、彼は蕩けるような笑みを浮かべてシャルロッテの顔を引き寄せる。

ふたりは再び視線を絡め、唇を重ねた。それは先ほどよりも長く、求め合うように深い口付けだった。

◇◇◇

夕方、約束通りシャルロッテとヴィムが屋敷に戻ると、ダニエルが王宮から帰ってきたところだった。

自然と夕食の席は、面会で起きた事件の報告会となった。

ダニエルから、両親に説明された内容は次の通りだ。

牢で読んでいた書物から得た情報を鵜呑(うの)みにしたアロイスが、逆行魔法をヴィムに要求するためにシャルロッテを人質にした。だが、逆行魔法は物語の中の魔法で現実のものではない。そのことを知ってアロイスがショックを受けている間に、ヴィムがシャルロッテを魔法で救出。要求が通ることなく企(たくら)みは失敗に終わった——と。

以前にヴィムが実際に逆行魔法を使ったことと、シャルロッテに牢に入れられた記憶が残っていることは伏せられていた。

今日までシャルロッテが、人生を繰り返していることを家族に打ち明けられなかった気持ちを察し、その思いを汲んでくれたらしい。

ダニエルだけには、あとで真実を伝えるべきだろう。シャルロッテとヴィムは目を合わせて、小さく頷いた。

そうして娘を再び助けてくれた礼を両親がヴィムに伝える形で、事件の話は終わりとなったのだが——話の区切りがついたタイミングで、シャルロッテは軽く片手をあげた。

「お父様、お母様、お兄様。私から相談がございます。お聞きいただけないでしょうか？」

「ふむ、言ってみなさい」

父のエーデルシュタイン公爵に倣うように、母と兄もシャルロッテに意識を向ける。

彼女は一度、隣に座るヴィムに視線を向けてから、正面へと顔を戻した。小さく息を吸って、品よく背筋を伸ばす。

「ヴィム様からいただいていた結婚の申し込みを、正式にお受けしたいと思います。出会って約二か月、交流を通して内面を知り、彼の一途さにすっかり惹かれてしまいました。この先ずっと、ヴィム様のおそばにいることを、認めていただきたいのです」

隣から、吃驚の眼差しを感じる。思いを通じ合わせてから、数時間も経たずに家族に報告するとは思っていなかったらしい。

一方で父は予期していたようで、頷きを返される。

「帰ってきてから雰囲気が変わったと思っていたが、そうか……ついに心に決めたか。悩んで出したであろうシャルロッテの答えを、私は支持しようと思う」

父の言葉に、母も頷いてくれた。残りは、ダニエルだけ。「次期当主としてどう考える？」と父に問われた跡取り息子は、ヴィムに厳しい眼差しを向けた。

「ヴィム、私がどれだけシャルロッテを大切にしているかは、よく知っているな？」

「それはもちろん。でも、俺も君に負けないくらい、彼女を大切にするよ」

「以前も話したが、口先だけならいくらでも言える。シャルロッテが結婚を後悔するようなことをしたら、絶対に許さない。この子の下僕になるつもりで、一生尽くすと約束するなら認めてやろう」

「それは安心して。シャルロッテを悲しませたら死ぬという契約を、もう悪魔と結んだから。俺の人生は、すでに彼女の幸せのためにあるようなものさ」

「――はぁ？」

付き合いの長いダニエルも、さすがに親友が悪魔と魂の契約までしたことに驚きを隠せないらしい。大きく目を見開き、頭を抱え、たっぷり苦悩したのち、大きく肩を揺らした。

「はは！　まったくお前は、やることが過激なんだから。なるほど、これは確かに大丈夫そうだな。早くに、シャルロッテを置いていくようなこともするなよ？」

視線を投げかけられたヴィムは、口元に弧を描いて頷いてみせた。

強い自信の表れに、ダニエルも安心したらしい。薄い涙の膜を張った瞳で、シャルロッテとヴィムを見た。

「ふたりの幸せを、心から願っている。婚約、おめでとう」

祝福の言葉には、ずっしりとした重みが感じられた。妹と親友を大切に思っているという、愛情の重さなのだろう。

シャルロッテは涙ぐんだ笑みを、ヴィムは照れ臭そうな笑みを浮かべ、互いに顔を合わせた。


その後の夕食会は賑やかな時間となった。

テーブルではワインの新しい栓が次々と開けられ、デザートも追加で運ばれてくる。料理人たちはお酒に合うオードブル作りやケーキ作りに急かされ、使用人は夕食後の予定が押すことを予期して時間の調整に追われる。そんな彼らの顔には、誇らしげな笑みが浮かんでいた。

その夜、賑やかな声に交じり廊下まで届く可憐で控えめな笑い声が、大きな福音となってエーデルシュタイン家の屋敷に広がったのだった。

第十章『摑んだ未来』

元王太子アロイスの面会での事件は、アメルハウザー王家に大きな影を落とすことになった。

被害者シャルロッテ・エーデルシュタインが与えようとしていた赦免を無下にした上に、敵に回してはいけない魔術師に喧嘩を売ってしまったと、貴族たちは王家から距離を取った。

王家は社交界での信用をさらに失うことになり、多くの味方が流出。エーデルシュタイン家の顔色を窺わなければいけない立場になった。

今まで国王に受け入れられなかった、王太子の側近にエーデルシュタイン家の縁者を置く話もまとまった。新しく王太子に指名された第二王子には、シャルロッテとダニエルの従兄弟（いとこ）が筆頭秘書として関与し、国政を支えることが決まっている。いわゆる監視役だ。

立場を盤石なものにしたエーデルシュタイン家の安泰は、この先しばらく続くことだろう。

また六番牢に戻されたアロイスは、王位継承権だけでなく王族籍からも完全に抜かれた。好きに本を取り寄せるなど、わずかにあった権力ももうない。輝かしい雰囲気はすっかり鳴りを潜め、ずっと抜け殻のように過ごしている。

ただ、ときどき悲鳴を上げ、随分と看守を怖がらせているとのこと。狼の姿をした上級悪魔が恐怖の幻覚を見せ、食事を楽しんでいるのだろう。

そんなアロイスの浮気相手だったベルツ男爵家の令嬢クリスタは、修道院へ送られた。

何度か社交界への復帰を試みたようだが、望んでエーデルシュタイン家を敵に回す家はなく、孤立を深めるだけだった。嫁ぎ先もないことから、ベルツ男爵は娘を手放す決断を下したらしい。

そして、逆行魔法について。面会の事件で立ち会ったダニエルには、シャルロッテとヴィムの口から説明がされた。

ダニエルは妹を守れなかったことと、親友を巻き込んでしまったことに酷く落ち込んでしまった。

同時に未来を変えてくれた感謝の気持ちも大きかったようで、シャルロッテとヴィムは、ダニエルからそれぞれ力強い抱擁をもらっている。

こうして事件が一段落した頃――社交を休み続けていたシャルロッテは、懇意にしていた友人からの茶会の招待を受けるようになった。時には自ら小規模の茶会を主催し、親しい人に自身の健勝な姿を見せるようにした。

以前より柔らかくなった表情と、重責から解放されて余裕が出た態度は、令嬢たちの視線を釘付けにした。彼女たちの目には、元から美しかったシャルロッテがさらに輝いているように映ったようだ。

特に新しい婚約者であるヴィム・ギースベルトを紹介するときの、幸せそうな笑みは格別。多くの令嬢が憧れる王妃の立場に未練を一切感じさせない様子に、より王家の存在感は薄まるばかり。

卒業パーティーで床に寝転んで晒した醜態は、卑怯な元婚約者に反撃するための勇気ある名演技として、遅れて貴族たちの称賛を集めた。

磨かれた美しい容姿、由緒正しい血筋、勇敢で気高い振る舞い、稀代（きだい）の魔術師を婚約者に持つシャルロッテは、今やアメルハウザー王国一の令嬢。

誰もが、彼女の本格的な社交界復帰に期待を膨らませた。

しかし、彼女が復帰の場に選んだのはアメルハウザー王国ではなかった。

「まぁ、素敵なお屋敷ですわね」

シャルロッテは、真新しい屋敷の前で感嘆を零した。

壁は白亜の石造りで、屋根は流行のサックスブルー。コントラストが美しい屋敷だ。二階部にあるバルコニーは広く、右手には温室も建てられており、ガラス越しに色とりどりの花が咲いているのが見える。屋敷と繋がっており、雨の日も濡れずに花を楽しむことができるだろう。

そして後ろを振り返れば、夕日に照らされた街が少し先に見える。屋敷は小高い丘の上に作られているため、自分たちの領地が一望できた。

「街も、綺麗で素敵ですね」

そう述べた彼女の腰には、大きな手が回された。銀髪を靡（なび）かせる、麗しい魔術師の手。

「俺の故郷をそう言ってもらえて良かった。大きいわけじゃないけれど活気があって、面白い人が多いんだ。近いうちに、変装してお忍びデートしようね」

街を眺めながらヴィムは、誇らしげにはにかんだ。

ここは王宮を吹っ飛ばしてまで守ろうとした、ヴィムの故郷だ。現在は、隣国だったクロムハイツ王国が治めている。

シャルロッテは、母国アメルハウザー王国を離れ、夫の故郷で生きることを選んだ。

クロムハイツ王国の現国王は、対立していた国の王家を滅ぼした上に、領土を丸ごと譲ってくれたヴィムを英雄扱いしていた。そのため、婚約者であるシャルロッテのことも歓迎してくれた。

ただ他国出身とはいえ、シャルロッテは次期王妃の立場にあった。高貴な令嬢をそのまま平民にするのは、クロムハイツ王国としては体裁が悪かったようで……。

ヴィムは、今まで断っていた爵位の話を受けることを決断。その際に、王家直轄領になっていたこの街もいただくことになったというわけだ。

そして婚約してちょうど一年の今朝、結婚の届けを両国の王宮に提出し、シャルロッテはギースベルト伯爵夫人になった。

挙式は婚姻届を提出した足で、この街の教会にて執り行った。後日改めて、多くの貴族を招待した披露宴は行うが、今回は互いの家族と親しい友人だけを招待した小ぢんまりとした式。

ステンドグラスが美しい聖堂に、理想を詰め込んだウエディングドレス、家族の嬉し涙、友人からの祝いの言葉と贈りもの、そして幸せそうに顔を緩ませて隣を歩く夫――どれを取っても、素晴らしかった。

その興奮がまだ収まっていない。軽く瞼を閉じれば、鮮明に式の景色が浮かぶ。

シャルロッテは甘えるように、頭をヴィムの胸元に寄せた。

「領地の管理や社交界の人脈作りなど、貴族としての仕事は私にお任せくださいね。もちろん、お屋敷の管理も」

「本当にすべて任せていいの？」

「えぇ、ヴィム様には魔法に集中してほしいですし、補佐官も紹介してくださったから大丈夫ですわ。それに実は、役目があること……仕事ができることが楽しみなのです」

公爵令嬢としてシャルロッテは、様々な教養を身に付けてきた。その中には財政管理も含まれている。

アメルハウザー王国の王妃には、自由に運営できる土地『荘園（しょうえん）』が与えられる。そのため彼女は、荘園を管理するための経営学を身に付けていたのだった。

厳しい教育下で学んだことを無駄にすることなく活かせるのは、シャルロッテとしては喜ばしいこと。それが愛しい夫の支えになるのならなおさらだ。大切な故郷の運営を委ねてもらった信頼に応えていきたい。

覚悟を乗せた眼差しで微笑む彼女の黒髪に、ヴィムは指を絡めて口付けを落とした。

「俺の奥さんは頑張り屋さんだから、毎日ご褒美を用意しないとね。ケーキに花、他には何が良いかな？」

「もうっ、どれだけ甘やかすおつもりなのですか」

「駄目？」

「いつも感謝しておりますし、嬉しいのですよ。でも……こんなに甘やかされては、返しきれなくて困ってしまいますわ」

髪先へ二度目のキスをしようとするヴィムの口元に、彼女は優しく手を当てた。

国に縛られるのを避けていたにもかかわらずシャルロッテのために爵位を得て、彼女好みの素敵な屋敷を用意してくれて、彼女のしたいことは全面的に協力する姿勢を見せ、一番欲している愛情を惜しみなく向けてくれて……果たして自分は夫に何を与えることができるのか、頭を悩ます日々を送っている。

「そんな理由で困ってくれているなんて、嬉しいだけなんだけど？」

下がってしまったシャルロッテの眉を、ヴィムが指先で撫でた。その手は下へと滑らされ、輪郭をなぞるようにして彼女の頬に当てられた。

「本当に、俺はシャルロッテの期待に応えられている？」

「むしろ期待以上ですわ。いつも私のために色々と頑張ってくださっていて……その、とても幸せです。本当に、ありがとうございます」

「なら、ご褒美がほしいな」

ヴィムは愛しい妻を横に抱きあげ、額を重ねた。

シャルロッテの視界は、夫の瞳の色である青で埋まる。サファイアのように、美しい青色だ。

そんな彼の瞳は物欲しそうな色香を帯び、奥では期待で燃える炎を宿していた。

あなた自身がほしい――そう訴えているような目をしている。

ふと、出会ったときの記憶が、シャルロッテの脳裏に蘇った。

今のようにヴィムはシャルロッテを横抱きにして、当時は「自由に、勝手に、好きなようにしていいと言ったのはシャルロッテ嬢だ。俺はあなたを手に入れたい」と突然言ってきた。そしてシャルロッテは驚きのまま「確かに言いましたが、そういう意味ではございません！」と反論した。

そのときを思い出すくらいには、状況が似ている。しかし、彼女が抱いている気持ちは大きく違う。

シャルロッテは腕をヴィムの首に回し、消え入りそうな声で囁いた。

「どうぞ、お好きなようになさって」

ヴィムの喉が、ゴクリと鳴った。そして、ゆっくりと愛しい人を抱きかかえる手に力を込める。

「俺、本当に好きなように解釈しちゃうけど？」

麗しい銀髪の男は案ずるような眼差しを送ってくるが、シャルロッテは否定しない。返事の代わりに、わずかにあった隙間を埋めるように唇を寄せた。

なげやりになったわけではなく、心から、本当の意味で好きにして良い——と、肯定するように長く唇を重ねた。

当然、相手から返ってきたのはとびきりの愛情表現だった。

こうして、かつて断罪でやさぐれた令嬢は稀代の魔術師に溺愛され、死を分かつ日まで幸せに満たされた人生を送ったという。

あとがき

この度は『断罪ループ五回目の悪役令嬢はやさぐれる』をお手に取ってくださり、誠にありがとうございます。著者の長月おとです。

本作は、小説投稿サイト『小説家になろう』にて投稿していた短編小説をベースに執筆させていただいております。元々は一万四千文字の作品でしたので、今回は十万文字ほど加筆する必要がありました。

特に今回のヒーローは、最初から愛情スロットルで自由奔放なキャラ。押しすぎてシャルロッテに嫌われてしまわないよう、果たして最後までヴィムの手綱を握ることができるのか!? と彼に関して不安を抱えつつ、執筆をスタートさせせました。

そしてわかったことは……書籍版の新キャラ・シスコン兄ダニエルの方が問題児ということ。シャルロッテを甘やかす役割を、すぐにヴィムから奪おうとするから厄介。油断すると、ヒーローより重い愛をアピールしようとする。

お前いい加減にしろよ。と、何度も脳内のダニエルに言い聞かせながらの執筆は、過去一番で大変だったかもしれません。おのれ……シスコン野郎!

そう文句を言いつつもダニエルへの対抗意識から、シャルロッテとヴィムのシーンの糖度はW

ＥＢ版を優に超える甘さになり、全体を通して楽しく書くことができたと思います。溺愛……それはヒロインと作者を救う尊いもの。最高です。

また、最高といえばコユコム先生が描かれた表紙と挿絵です。シャルロッテとヴィムは、まさに設定どおりの美男美女でとても眩しい。挿絵に登場するダニエルはもちろん、悪役のアロイスとクリスタまで顔が良い。全員美形設定にして良かったと、心の底から思いました。アルファスも悪魔らしい怖さがありつつ、モフモフ具合が魅力的。文字で疲れた目も、イラストで癒されること間違いなしです。

そして本作はコミカライズも企画進行中でございます。ふたりの甘いシーンが、あれもこれも漫画で読めるなんて……っ！　と私も楽しみで仕方ありません。皆様に楽しんでいただける作品をお届けできるよう、関係者様と協力しながら準備を進めて参りますので、引き続き応援していただけると嬉しいです。

最後になりますが、ＷＥＢから応援してくださっている読者様、相談に乗ってくださった担当様、素敵な絵を描いてくださったコユコム先生、大量の誤字を修正してくれた校正様、本作の刊行に携わってくださったすべての方々に深く感謝申し上げます。

長月おと

Niμ NOVELS

好評発売中

売られた聖女は異郷の王の愛を得る

乙原ゆん

イラスト：ここあ

生涯をかけてあなたを守ると誓おう

とある事件がきっかけで、力が足りないと聖女の任を解かれたセシーリア。

さらには婚約も破棄され、異国フェーグレーンへ行くよう命じられてしまう。

向かった加護もなく荒れた国では王・フェリクスが瘴気に蝕まれ倒れていた。

「聖女でなくても私の能力を求めている人の役に立ちたい」

苦しむ彼を見てセシーリアは願い、
魔力切れを起こすまで浄化の力を使うとなんとか彼を助けることに成功。

「どうかこの国の力になってほしい」

誠実に言葉をかけてくれるフェリクスとの距離は徐々に縮まり、
心を通わせるようになるけれど……！？

ファンレターはこちらの宛先までお送りください。

〒110-0015　東京都台東区東上野2-8-7
笠倉出版社　Niμ編集部

長月おと 先生／コユコム 先生

断罪ループ五回目の悪役令嬢はやさぐれる
～もう勝手にしてとは言ったけど、溺愛して良いとまでは言っていない～

2023年6月1日　初版第1刷発行

著者
長月おと

発行者
笠倉伸夫

発行所
株式会社　笠倉出版社
〒110-0015　東京都台東区東上野2-8-7
[営業]TEL　0120-984-164
[編集]TEL　03-4355-1103

印刷
株式会社　光邦

装丁
AFTERGLOW

Niμ公式サイト　https://niu-kasakura.com/

ISBN　978-4-7730-6418-6
Printed in Japan